KB072723

ㄱ번째 환생 3

묘재 장편소설

초판 1쇄 찍은 날 § 2018년 8월 24일
초판 1쇄 펴낸 날 § 2018년 8월 31일

지은이 § 묘재
펴낸이 § 서경석

총괄팀장 § 최하나
편집책임 § 김슬기
디자인 § 고성희

펴낸곳 § 도서출판 청어람
등록번호 § 제387-1999-000006호
등록일자 § 1999. 5. 31
어람번호 § 제1-2948호

주소 § 경기도 부천시 원미구 부일로 483번길 40 서경B/D 3F (우) 14640
전화 § 032-656-4452   팩스 § 032-656-4453
http://www.chungeoram.com
E-mail § chungeorambook@daum.net

ⓒ 묘재, 2018

ISBN 979-11-04-91815-5 04810
ISBN 979-11-04-91777-6 (세트)

도서출판 청어람

FUSION FANTASTIC STORY

7번째 환생

묘재 장편소설

3

Contents

1장
브라질

7번째 환생은 작가의 상상력을 기반으로 창작된 소설로서 실제 상황 및 현실 배경과 다른 내용이 나올 수 있습니다. 또한 본문에 등장하는 지명과 인명은 실제와 관련이 없음을 알려 드립니다.

　지구에서 가장 중요한 자원을 하나만 꼽으라면 누구든 석유라고 대답할 것이다.

　대체에너지와 미래에너지, 재생에너지 등 이른바 신(新) 자원이 각광받는다고 해도 석유를 대체하기엔 이르다.

　중동의 산유국은 기름 하나로 어마어마한 부를 누리고, 때로는 전쟁의 주요 대상이 되기도 한다.

　그만큼 석유는 현대의 인류가 살아가는 데 꼭 필요한 자원이다.

　하지만 기름이 처음부터 막대한 가치를 창출하는 자원으로 대우를 받은 것은 아니다.

　석유를 사용해서 에너지를 만드는 기술이 없을 때 인류에게 기름은 그저 머나먼 고대 공룡들의 시체가 만들어낸 못 쓰는 물에 불과했다.

그러나 기술 개발과 산업혁명 열풍이 번지며 기름은 없어선 안 될 인류의 근간이 돼버렸다.

이렇듯 보물처럼 여겨지는 자원은 처음부터 가치를 인정받는 게 아니다.

자원의 진가를 알아보고 그것을 활용할 기술이 갖춰졌을 때 비로소 보물이 된다.

독도 해저에 묻혀 있던 메탄 하이드레이트도 마찬가지이다.

최치우가 시추에 필요한 핵심 기술을 빼내고 프로젝트의 기틀을 잡았기에 본연의 가치가 살아난 것이다.

그 덕에 한영그룹이 천문학적 수혜를 입고, 한국 증시가 살아나며 국가 경제가 오랜만에 호조를 보였다.

이렇게 묻혀 있는, 가치를 인정받지 못한 자원이 어디 독도의 메탄 하이드레이트 하나뿐이겠는가.

최치우는 자신이 직접 사명(社名)을 지은 올림푸스를 흙 속의 진주를 찾아내는 기업으로 만들 작정이다.

남들이 다 아는 자원을 발굴하는 것은 크게 의미가 없었다.

누구도 진가를 알아보지 못한 자원을 찾아내 인류의 미래를 바꾼다.

무려 일곱 번의 환생을 거듭하고 지구에 자리를 잡았으니 이만한 야망은 품는 게 당연했다.

더불어 신의 대리인인 아바타가 선사한 미션, 세상을 구하는 기쁨을 깨달으라는 대목과도 부합된다.

최치우는 망설이지 않고 보폭을 넓히기로 결심했다.

휴학과 동시에 올림푸스를 설립하고 곧바로 다음 프로젝트를 추진해 나갔다.

그는 김도현 교수와 임동혁을 앞에 두고 미쓰릴을 발굴하겠다고 선포했다.

미쓰릴에 대한 단서는 도쿄대의 기밀 자료에서 얻었다.

절대 디테일한 자료는 아니었다.

최치우가 아니라면 누가 봐도 단서를 얻기 힘들었을 것이다.

브라질 광산 지대에는 리튬(Lithium)과 니오븀(Niobium) 등 희소 자원이 묻혀 있다.

전 세계 다국적 기업들은 이미 한참 전부터 브라질의 광산에 투자하고 있었다.

스마트폰 배터리 등을 만드는 데 필수적인 리튬은 현대의 다이아몬드로 불리기 때문이다.

그런데 어느 광산에서 미확인 금속이 발견됐고, 진로를 확보하기 위해 여느 때처럼 폭파 작업을 시도했다고 한다.

여기까지는 아주 평범한 이야기다.

광물 채취 작업에서 흔히 나오는 사례였다.

정밀 폭파로 미확인 금속을 제거하고 원활하게 광물 채취를 계속했어야 마땅하다.

그러나 평범한 케이스가 도쿄대의 기밀 자료에 수록됐을 리 없다.

광산 내부에서 엄청난 반작용이 일어나 폭발력이 예상보다 몇 배 커진 것이다.

결국 광산은 무너지고 근처의 댐이 붕괴되어 수해(水害)까지 일어나고 말았다.

그로 인해 광부들의 숙소는 물론 광산 주위의 마을이 통째로 사라졌다.

적지 않은 희생자를 낳은 비극적인 사건이었지만, 크게 주목을 받진 못했다.

언제나 그렇듯 제3 세계의 사건 사고는 세계인의 관심을 받기 힘들었다.

최치우는 폭발의 반작용이 일어나 광산을 무너뜨렸다는 점에 주목했다.

정밀 폭파 기술의 안정성은 상상 이상으로 발전해 있었다.

설령 미확인 금속 제거에 실패해도 광산이 무너질 정도로 폭발력이 배가될 일은 없었다.

그런데 당초의 예상보다 화력이 급증해 대형 사고가 터진 것이다.

폭파 기술이 발전한 이후 이런 케이스는 찾아보기 힘들었다.

도쿄대의 조사원들도 이상한 점을 느꼈기에 기밀 자료에 체크를 해둔 것 같았다.

단서는 오직 하나, 미확인 금속뿐이다.

최치우는 광부들의 진로를 방해한 미확인 금속이 폭발의 반작용을 일으켰을 거라고 판단했다.

그게 아니면 다른 이유를 찾기 힘들었다.

만약 최치우의 추측이 사실이라면 미쓰릴이 현대의 지구에도 존재하는 셈이다.

마나의 축복을 받은 아슬란 대륙에서 미쓰릴은 드래곤 슬레이어(Dragon Slayer)의 금속으로 불렸다.

태고의 생명체 드래곤을 사냥할 수 있을 정도로 강력한 금속이라는 뜻이다.

절대 부서지지 않고 쏟아진 화력을 몇 배 이상으로 튕겨내는 반발력이 바로 미쓰릴의 특징이다.

'미쓰릴을 정제하기 위해선 순수한 마나가 필요해. 그걸 모르고 폭발을 시도했으니… 안타까운 사고가 일어날 수밖에 없었겠지.'

물론 미쓰릴이 아닐 가능성도 있었다.

드러나지 않은 폭발의 원인이 존재할지 모른다.

아슬란 대륙에서도 귀해서 구경하기도 힘든 미쓰릴이 지구에 묻혀 있을 확률은 무척 낮았다.

하지만 그냥 무시하고 지나치기엔 딱 들어맞는 단서였다.

최치우의 본능적인 감각도 브라질행을 부추기고 있었다.

만약 폐허가 된 광산에 여전히 미쓰릴이 묻혀 있다면 정말 아무도 모르는 새로운 자원을 발견하게 되는 것이다.

게다가 지구에서 마나를 운용할 줄 아는 사람은 최치우밖에 없다.

그는 자연히 미쓰릴이라는 신이 내린 최고의 광물을 독점하게 된다.

'아슬란 대륙에서는 주로 왕가의 무기를 만드는 데 쓰였지만… 여기선 무궁무진하게 활용할 수 있어.'

최치우는 벌써 미쓰릴을 얻은 듯 기분 좋은 상상의 나래를 펼쳤다.

과학이 발전한 현대사회에서 미쓰릴의 효용 가치는 더욱 높아질 것이다.

우주선을 만드는 실험에도 쓰일 수 있고, 고농축 에너지와 입자 실험, 레이저 빔 테스트 등 각 분야에서 미쓰릴을 구하기 위해 난리가 날 것 같았다.

절대 부서지지 않으며 주입된 에너지를 증폭시켜 뿜어내는 금속.

과학자들이 침을 질질 흘리며 탐낼 게 뻔했다.

'만약 미쓰릴이 아니라면… 브라질 여행이나 다녀왔다고 생각해야지. 3할 타율만 지켜도 대박이다.'

최치우는 여유를 잃지 않았다.

올림푸스의 첫 번째 프로젝트이기에 부담을 느끼는 건 어쩔 수 없었다.

그러나 새로운 자원을 찾는 올림푸스의 사업 특성상 열 번의 시도 끝에 한 번만 성공해도 세상을 놀라게 할 수 있었다.

물론 최치우가 10%, 또는 3할의 성공 확률에 만족할 사람은 아니다.

"시작이다."

최치우는 입 밖으로 소리 내어 말했다.

혼잣말을 한 것이다.

그는 이미 누구의 도움도 받지 않겠다고 선언했다.

올림푸스의 첫 번째 프로젝트는 처음부터 끝까지 자기 손으로 개척해 세상에 내보이고 싶었다.

세상을 바꾸는, 세상을 놀라게 하는, 그리고 세상을 구하는 첫걸음.

최치우는 아무도 가지 않은 전인미답의 길로 발을 내딛고 있었다.

*   *   *

"미리 말이라도 해주지."

서운함이 묻어나는 목소리다.

최치우는 고개를 살짝 숙인 유은서를 바라보며 난감한 표정을 지었다.

그는 뭔가 하나에 꽂히면 물불을 가리지 않는다.

임동혁의 제의를 받고 올림푸스를 설립한 건 중대한 결심이었다.

그렇기에 여자 친구인 유은서와 시시콜콜 상의할 생각을 하지 못했다.

어차피 유은서는 평범한 학부생이고, 최치우는 사실상 재벌 2세에게도 갑 대우를 받는 슈퍼 루키다.

미래에 대한 고민이 있을 때 의논을 하려 해도 대화가 통하기 어렵다.

같은 시공간에 있지만 서로 보고 듣고 경험하는 세계가 다르기 때문이다.

절대 유은서가 부족해서가 아니었다.

그녀 역시 똑똑하기로 소문이 났기에 S대 공대에 합격한 것이다.

게다가 물이 오르는 미모에 귀여운 행동, 최치우를 향한 마음까지 빠지는 게 없었다.

다만 일적인 이야기를 나누기에 적절한 상대가 아닐 따름이다.

그러나 여자들은 좋아하는 사람과 모든 것을 공유하길 원한다.

남자든 여자든 나이가 들고 사회 경험을 하게 되면 그런 기대가 부질없다는 걸 깨닫게 된다.

하지만 이제 스물한 살에 불과한 유은서는 상의 없이 올림푸스 설립과 휴학, 브라질행을 결정한 최치우가 야속하게 느껴졌다.

"내가 너무 나만 생각했어. 미안해."

최치우는 진심을 담아 이야기했다.

그렇다고 유은서에게 쩔쩔매지도 않았다.

어쩔 수 없었고, 이미 지나간 일이다.

동시에 유은서가 서운해하는 것도 이해할 수 있었다.

그렇다면 진솔하게 사과를 하고 그녀가 받아주길 바라는 수밖에 없었다.

"나, 너한테 징징거리는 여자 친구 되고 싶지 않아. 그냥 결정하기 전에 이야기를 해주는 거, 그거면 충분해."

"그럴게."

최치우는 짧지만 확실하게 대답하며 유은서의 눈을 마주 봤다.

사람들이 지나다니지 않는 골목.

조용한 분위기.

단둘이 마주 보고 서운함을 풀어준 상황.

뒤이어진 행동은 누가 먼저랄 것도 없이 자연스러웠다.

최치우의 얼굴이 아래로 내려갔고, 유은서는 높이를 맞추기 위해 살짝 발끝을 들었다.

두 사람의 입술이 겹쳤다.

살짝 머뭇거리던 입술은 이내 완전히 하나가 되어 포개어졌다.

최치우는 유은서의 부드러운 숨결을 느끼면서도 마음이 복잡했다.

그는 앞으로 숱하게 세계를, 그것도 위험한 지역을 돌아다니며 모험을 해야 한다.

그렇기에 최치우를 좋아하면 오랜 기다림과 인내를 갖춰야 할 수밖에 없다.

'이기적인 일이지.'

최치우는 키스를 하면서도 속으로 쓴웃음을 지었다.

이전의 차원에서도 크게 다르지 않았다.

그는 언제나 최전선에서 불가능에 도전하며 살아왔다.

때문에 아무리 마음이 깊더라도 여자들에게 상처를 줄 수밖에 없었다.

그러나 더 이상은 생각이 이어지지 않았다.

최치우는 20대 초반, 누구보다 혈기왕성한 남자의 육체를 갖고 있다.

조금씩 더 적극적으로 호흡하는 유은서를 두고 다른 생각을 오래 하기 힘들었다.

무엇보다 자신을 내어주는 여자에 대한 예의가 아니었다.

"치우야, 나 오늘 늦게 들어갈래."

"알겠어."

긴말은 필요하지 않았다.

새로운 인생의 항로를 설정하고 브라질로 떠나기 전 최치우는 유은서와 함께 잊지 못할 밤을 보내게 될 것 같았다.

사람과 사람의 관계에서 미래를 예측하는 것만큼 우스운 일도 없다.

그저 지금 이 순간에 충실하는 것이 최선이다.

최치우는 한 손으로 유은서의 하얗고 부드러운 볼을 감싸고 나머지 손으로는 가는 허리를 끌어안았다.

청춘의 한 페이지가 뜨겁게 넘어가고 있었다.

　　　　　*　　　　　　*　　　　　　*

"항상 조심하고 또 조심해야 되는 거 알지?"

"네, 어머니."

최치우는 공항 출국 게이트에서 어머니와 인사를 나누고 있었다.

괜찮다고 몇 번을 말했지만 어머니는 기어코 가게 문을 닫고 공항까지 나오셨다.

가게를 차려주고 비싼 아파트를 척척 사주는 대단한 아들이지만 걱정되는 건 어쩔 수 없었다.

어머니가 생각하기에 브라질은 멀어도 너무 먼 나라였다.

비행시간만 30시간 가까이 되는 곳이고 치안도 썩 훌륭하지 않았다.

아마 최치우가 무사히 돌아올 때까지 어머니는 밤잠을 못 이루며 기도를 할 것 같았다.

"너무 걱정하지 마세요. 건강하게 다녀오겠습니다."

"가끔이라도 좋으니 전화하렴."

"네. 이제 들어가 볼게요."

최치우는 어머니의 손을 놓고 출국 게이트 안으로 들어섰다.

애정과 염려가 듬뿍 담긴 시선을 느꼈지만, 일부러 뒤돌아보지 않았다.

'기쁜 소식만 가득 안고 오겠습니다.'

그는 각오를 다지며 성큼성큼 걸음을 옮겼다.

임동혁은 올림푸스의 설립 준비를 모두 마쳐놓았다.

한영그룹이 거액을 투자해 새로운 자원을 탐사하는 회사를 세운 게 알려지면 세간이 떠들썩해질 것이다.

게다가 스물한 살짜리 대학생이 지분의 70%와 경영권을 가졌고, 그가 바로 독도 해저 자원 개발에 참여해 대통령에게 훈장까지 받은 최치우라는 사실이 공개되면 한바탕 난리가 날 게 분명했다.

그러나 최치우는 브라질에 다녀오기 전까지 모든 일을 비공개로 틀어막았다.

언론의 관심을 받고 유명해지는 건 언제든 할 수 있었다.

중요한 것은 결과였다.

최치우는 빛 좋은 개살구가 아닌, 진짜로 세상을 바꾸는 결과를 가져와 당당하게 스포트라이트의 주인공이 되고 싶었다.

그의 위상은 이미 동년배에 적수가 없을 정도로 높지만, 만족하기엔 한참 멀었다.

최치우는 퍼스트 클래스 탑승객만 이용할 수 있는 전용 라운지로 걸어갔다.

더욱 커진 야망과 함께 날아오를 시간이었다.

*   *   *

최치우를 태운 비행기는 30시간 가까이 하늘을 날아 상파울루에 도착했다.

한 번의 환승을 거치는 장거리 비행은 사람을 녹초로 만든
다.

그러나 최치우의 컨디션은 나쁘지 않았다.

난생처음 퍼스트 클래스에 탑승했기 때문이다.

그에게는 무제한 한도의 블랙카드가 있다.

컨디션 유지를 위해 퍼스트 클래스 티켓을 사는 건 낭비가
아닌 투자였다.

프라이버시와 호텔급 서비스, 작은 침대 수준의 안락한 좌석
이 제공되는 퍼스트 클래스는 비행 피로를 상당히 완화시켜 줬
다.

하지만 진짜 여정은 지금부터였다.

상파울루와 리우데자네이루는 브라질을 대표하는 대도시이
다.

원인 불명의 대형 폭파 사고로 광산이 무너진 마을은 한참
떨어진 곳에 있었다.

상파울루에 내려 차를 타고 열 시간 더 이동해야 한다.

브라질은 땅덩이도 넓지만 지방으로 갈수록 도로 정비가 엉
망이었다.

그렇기에 똑같은 거리라도 훨씬 시간이 많이 걸린다.

명실상부 선진국 대열에 오른 한국과 비교하면 모든 게 불편
할 수밖에 없었다.

상파울루와 리우를 벗어나는 순간, 브라질은 남미의 야생적
인 얼굴을 숨기지 않고 드러낸다.

방방곡곡 공사와 개발이 한창이고, 경찰의 손길이 닿지 않는 지역은 치안도 불안정했다.

낭만을 찾아 배낭을 메고 돌아다니다간 무슨 일을 당할지 모른다.

상파울루와 리우의 치안도 좋지 않은 편이기에 드넓은 지방으로 움직일수록 위험도는 급증한다.

그러나 최치우는 조금도 개의치 않았다.

이 지구에서 그를 물리적 위험에 처하게 만들 대상은 흔치 않았다.

자연재해, 아니면 미사일 같은 폭격 무기가 아닌 이상 최치우의 안전을 위협하긴 힘들었다.

6클래스를 넘어 자연의 이치를 깨달은 마법과 착실하게 다져진 금강나한권을 익힌 최치우는 무적(無敵)이라 불리기에 손색이 없었다.

"여기서부턴 완전 야생이란 말이지."

짐을 찾아 공항 입국 게이트 밖으로 나온 최치우는 미소를 지었다.

환생 이후 처음으로 정글에 나온 기분이다.

한국에서, 그리고 도쿄대에서도 위기의 순간이 있었지만 브라질과는 비교할 수 없었다.

과연 어떤 사건이 기다리고 있을지, 그 끝에 전설의 금속 미쓰릴이 자신을 반겨줄지 기대감이 점점 커졌다.

그는 퍼스트 클래스를 타고 온 승객답지 않게 짐이 단출했다.

여행객들처럼 캐리어도 끌지 않았다.

옷가지와 담요, 비상식량을 넣은 배낭 하나가 전부였다.

들고 있는 짐만 보면 저가 항공을 타고 환승에 환승을 거쳐 브라질에 도착한 대학생 같았다.

"일단 부딪쳐 보자."

최치우는 배낭여행자보다 더 대책이 없었다.

그가 아는 거라곤 무너진 광산 마을의 지명과 대략적인 위치가 전부였다. 어차피 한국에서 자세한 조사를 할 수도 없었다.

맨몸으로 부딪치며 하나둘 알아가는 게 최선이었다.

무제한 한도의 블랙카드도 브라질의 외딴 시골로 내려가면 무용지물일 수 있었다.

그나마 두둑한 현금을 챙겨 온 게 유일한 준비였다.

하지만 최치우는 책상 앞에 앉아 계획만 세우는 유형이 아니었다.

시행착오를 겪으며 뭐든 해보는 스타일이었다.

매번 아예 새로운 차원에서 태어나는데 고작 30시간 거리의 외국에 왔다고 주눅 들 리 없었다.

어쩌면 최치우가 브라질에 적응하는 게 아니라 브라질이 최치우에 적응해야 할지도 모른다.

올림푸스를 세우고 처음 도전하는 것이기에 최치우는 한층 의욕적이었다.

공항 밖으로 나서는 그의 발걸음이 가벼워 보였다.

                    *   *   *

  최치우는 자신이 가진 무기를 적극적으로 활용했다.

  그는 적지 않은 비용을 지불하고 차와 운전기사를 고용했
다.

  상파울루에 있는 현지 에이전시를 이용해 소개받았다.

  돈을 아끼는 것보다 시간을 아끼는 게 훨씬 더 중요했다.

  길이 없는 오프로드를 주파할 수 있는 지프 차량과 짧은 영
어를 쓰는 베테랑 운전기사.

  이만하면 상파울루에서 열 시간을 달려 광산 지대로 가기에
충분했다.

  "써, 위 고(Sir, We go)?"

  운전기사인 베네투는 구릿빛 피부가 인상적인 중년 남자였
다.

  그는 독특한 발음으로 영어를 구사했다.

  하지만 의사소통을 하는 데는 아무 문제가 없었다.

  최치우는 의자를 잔뜩 눕혀 편하게 앉은 뒤 고개를 끄덕였
다.

  "렛츠 고!"

  쿠쿠쿠쿵!

  지프가 거친 엔진 음을 토해내며 도로 위로 올라섰다.

  아직까지는 잘 닦인 포장도로지만 상파울루를 벗어나면 금

방 우둘투둘한 비포장도로가 나타날 것이다.

최치우는 느긋하게 마음먹었다.

베네투가 선택한 브라질 노래가 귀를 간지럽혔다.

그렇게 두 사람을 태운 지프차가 지도 밖으로 행군하기 시작했다.

최치우는 한껏 젖힌 의자에 기대 눈을 감았다.

잠이 오지는 않았다.

그러나 언제 무슨 일이 벌어질지 모르기에 최대한 체력을 비축하려는 것이다.

덜커덩— 쿠웅!

지프는 오프로드로 진입한 듯 이따금 비명을 토했다.

그래도 능숙한 드라이버인 베네투가 차를 몰아 다행이었다.

어설픈 운전 실력으로는 언제든 차가 구덩이에 빠질 위험이 높았다.

최치우는 가끔 실눈을 뜨고 창밖을 쳐다봤다.

상파울루를 벗어난 지 몇 시간, 창밖의 풍경은 이질적으로 달라지고 있었다.

마치 다른 나라로 이동한 듯한 느낌마저 들었다.

도시적인 풍경은 온데간데없었다.

마구잡이로 진행되는 공사 현장이 눈을 어지럽히더니 한참 지나자 그마저 사라졌다.

삭막한 광야와 허허벌판이 창밖을 가득 채우고 있었다.

그러다 뜬금없이 울창한 밀림이 툭 튀어나와 진흙길을 가로질러야 할 때도 있었다.

만약 자동차만 빌려 최치우 혼자 운전했다면 고생깨나 했을 것이다.

"써."

그때 베네투가 최치우를 불렀다.

상파울루에서 출발한 이후 처음으로 최치우에게 말을 건 것이다.

최치우는 여섯 시간이 넘도록 쉬지 않고 운전대를 잡은 베네투를 쳐다봤다.

잠시 휴식을 취하자는 말일 거라 생각했다.

하지만 베네투의 얼굴 표정이 심상치 않았다.

"디스 이즈 댄저러스 에어리어. 베리 댄저러스."

그는 매우 위험한 구역에 들어왔다고 주의를 줬다.

최치우는 의자를 당겨 90도로 만들었다.

산전수전 다 겪은 지프차는 울창한 숲길을 헤쳐 나가고 있었다.

브라질 특유의 밀림 지대이기에 차가 움직이는 속도가 느렸다.

베네투의 경고 때문일까.

어딘지 음산한 분위기가 느껴졌다.

"댄저러스?"

"예스, 써. 갱스터, 유 노?"

완벽하지 않은 문장이지만 베네투가 무엇을 말하는지 알아들을 수 있었다.

브라질 곳곳에는 치안이 불안정해 무장 강도들이 출몰하는 우범지대가 존재했다.

우리나라에는 잘 알려지지 않았지만, 브라질 지방의 치안 상태는 마약 카르텔이 난립하는 멕시코에 비견될 정도였다.

현재 지프차가 지나고 있는 밀림도 그러한 우범지대에 속하는 것 같았다.

최치우는 감각을 날카롭게 다듬으며 기를 모았다.

단전에 옹골차게 자리 잡은 내공이 든든했다.

한국보다 자연의 힘이 강성한 지역이라 마나도 더욱 생생하게 느껴졌다.

'문제없어.'

이만하면 물불 안 가리는 브라질 갱스터를 만나도 걱정할 필요 없었다.

최치우는 멕시코 마약 카르텔과 일전을 벌여도 모조리 소탕할 자신이 있었다.

현대사회의 잣대로 평가할 수 없는 단 한 사람.

그게 바로 최치우였다.

하지만 운전기사인 베네투는 달랐다.

지난 몇 시간 동안 노련한 모습을 보여주던 그는 잔뜩 움츠러든 모습이었다.

혹시라도 밀림에서 갱스터들이 튀어나올까 봐 사방을 살피기 바빴다.

그가 이처럼 겁을 먹으면서도 운전대를 잡은 이유는 하나였다.

에이전시를 통해 평소보다 훨씬 많은 페이를 받기 때문이다.

두 아이의 아빠인 베네투는 생활비를 위해 위험을 감수하고 나섰다.

그는 믿지도 않는 온갖 신의 이름을 부르며 조심스레 엑셀을 밟았다.

츠츳, 츠츠츳!

그런데 어디선가 들려오는 미세한 소리가 최치우의 신경을 긁었다.

밀림의 동물들이 내는 소리는 아닌 것 같았다.

나뭇잎이 부딪치며 자연적으로 발생되는 소리도 아니었다.

어딘지 모르게 이질적인 소리가 조금씩 커지고 있었다.

물론 베네투는 이상한 기색을 눈치채지 못했다.

'귀찮게 됐군.'

최치우는 감을 잡았다.

베네투가 말한 갱스터, 무장 강도들이 다가오고 있는 게 분명했다.

그들을 물리치는 건 어렵지 않았다.

하지만 괜히 얽혔다가 일이 복잡해지면 시간을 낭비하게 될지 모른다.

무너진 광산에서 미쓰릴의 존재를 찾기에도 부족한 일정이다.

소모적인 전투로 시간을 보내고 싶지 않았다.

최치우는 빠르게 결단을 내렸다.

'충돌하기 전에 모두 정리한다.'

그는 베네투를 쳐다보고 지시를 내렸다.

"베네투, 고 패스트. 오케이?"

"오케이, 써."

그는 무조건 빨리 달리라고 말했다.

밀림에서 속도를 내면 차량이 진흙에 빠질 확률이 올라간다.

게다가 소음으로 인해 갱스터들의 주의를 끌기도 쉬웠다.

베테랑 드라이버인 베네투가 그런 사실을 모를 리 없었다.

하지만 그는 확신에 찬 최치우의 눈빛에 압도당했다.

낯선 동양인 고객의 말을 무조건 들어야 될 것 같았다.

부와아앙― 크르릉!

지프가 비명 같은 엔진 소리를 토해내며 속도를 높였다.

그러자 어렴풋이 들리던 갱스터들의 인기척도 덩달아 커졌다.

지프를 놓치지 않기 위해 서둘러 포위망을 좁히는 것이다.

최치우는 조수석에 앉아 창문을 내리고 정신을 집중했다.

눈에 보이지 않는 갱스터들이 다가오기 전에 처리해야 한다.

만약 총기로 무장한 갱스터들과 마주치면 무공을 쓸 수밖에 없다.

당연히 전투에서 이기겠지만 베네투가 다칠지 모른다.

게다가 이 지역의 갱스터들이 복수를 하겠다고 덤비면 더더욱 귀찮아진다.

그렇기에 최치우는 마법이라는 카드를 꺼냈다.

무공으로 단련된 감각으로 갱스터들을 감지하고 마법으로 원거리에서 정리하려는 것이다.

'우선 11시 방향에 세 명!'

그는 가장 가까이 접근한 갱스터들을 노렸다.

가만히 놔두면 머지않아 지프의 진로를 막으며 나타날 거리였다.

그러나 최치우가 더 빨랐다.

"프리즌(Prison)!"

5서클 마법 프리즌이 캐스팅됐다.

브라질 밀림 지대의 마나가 최치우와 공명하며 이적을 만들어냈다.

촤좌좌좌좍—!

굵은 나무줄기가 살아 있는 뱀처럼 뻗어 나가 갱스터들을 옭아맸다.

최치우는 나무 감옥에 꽁꽁 얽매여 움직이지 못할 갱스터들을 상상하며 미소를 지었다.

"으헉!"

"또마노꾸ー!"

11시 방향에서 갱스터들의 비명과 욕이 들려왔다.

그제야 소리를 들은 베네투의 안색이 창백해졌다.

"갱스터, 써!"

"돈 워리. 저스트 고, 패스트!"

최치우는 베네투를 안심시키며 재차 속력을 높이라고 주문했다.

세 명을 나무 감옥에 가뒀지만, 아직 다른 갱스터들의 인기척이 남아 있었다.

'3시 방향에 두 명!'

최치우의 레이더에 2인조 갱스터가 걸렸다.

11시 방향을 처리하는 사이 놈들이 최치우에게 제법 가깝게 접근했다.

금방이라도 몸을 일으켜 지프를 향해 총구를 겨눌지 모른다.

최치우는 서둘러 6서클 마법을 캐스팅했다.

"미니 퀘이크(Mini Quake)!"

6서클이면 현재 최치우가 캐스팅할 수 있는 최고의 마법이다.

곧이어 3시 방향에서 지축이 흔들리는 꽝음이 터져 나왔다.

쿠그그궁ー!

"으와아아아아아아!"

갱스터들의 비명 소리가 메아리처럼 울리며 점점 작아졌다.

미니 퀘이크는 8서클의 자연재해 마법인 어쓰퀘이크의 축소판이다.

어쓰퀘이크보다 훨씬 작은 지역에 강도가 약한 지진을 일으킨다.

그러나 수십 명을 넉넉히 땅 밑으로 빨아들이기 충분한 위력적인 마법이다.

베네투는 대체 무슨 일이 벌어지고 있는지 영문을 모르는 얼굴이었다.

밀림의 갱스터들에게 걸린 것 같은데, 옆자리의 고객이 이상한 말을 중얼거리면 어디선가 비명이 들릴 뿐이다.

그야말로 귀신에 홀린 기분이었다.

어쨌거나 위험천만한 갱스터들의 밀림 지대를 무사히 탈출하게 될 것 같았다.

부웅― 부우웅―

운전대를 꽉 잡은 베네투는 진흙 구덩이를 요리조리 피하며 있는 힘껏 엑셀을 밟았다.

최치우는 브라질 갱스터들의 얼굴을 볼 필요도 없이 밀림을 빠져나왔다.

갱스터들도 자신이 누구에게 어떻게 당했는지 모를 것이다.

기이한 자연 현상에 발목이 잡힌 오늘은 그들에게 두고두고 무서운 전설로 회자될 것이다.

다른 차원의 금속 미쓰릴을 확인하기 위해 나아가는 최치우를 그 누구도 막을 수 없었다.

앞으로 세 시간이면 최치우는 무너진 광산에 도착한다.

밀림을 벗어나 목적지에 가까워진 그의 눈빛에 짙은 생기가 감돌고 있었다.

2장

연금술사

"써, 왓 워스 댓?"

밀림을 벗어나고 한참이 지나서야 베네투가 입을 열었다.

기름을 넣기 위해 외딴 휴게소에 차를 세운 그는 조심스레 질문을 던졌다.

갱스터들이 상주하는 밀림 지대에서 무슨 일이 있었는지 궁금한 눈치였다.

소리밖에 들리지 않았지만, 뭔가 사건이 터졌다는 걸 베네투도 느끼고 있었다.

최치우는 미소를 지으며 베네투의 어깨를 두드렸다.

"미스터리."

길게 설명할 필요는 없었다.

어차피 베네투의 영어 실력으로는 설명을 해도 알아듣지 못할 것이다.

세상에는 수없이 많은 미스터리가 산재해 있다.

환생을 거듭하며 현대에 다시 태어난 최치우도 그러한 미스터리의 일부이다.

그는 또 하나의 미스터리를 향해 나아가고 있었다.

"풀?"

"예스, 써."

기름을 다 채운 베네투가 믿음직스럽게 고개를 끄덕였다.

오프로드에서 보여준 그의 운전 실력은 최치우도 놀랄 정도로 대단했다.

그가 아니었다면 밀림 지대에서 지프는 진흙에 빠져 골골거렸을 것이다.

베네투도 갱스터들과 얼굴을 마주치지 않고 밀림을 빠져나오는 데 역할을 한 셈이다.

'일을 마치고 상파울루로 돌아갈 때는… 뭐, 그땐 덤비는 갱스터들을 전부 소탕해도 되겠지.'

최치우는 베네투가 알면 기겁할 생각을 품고 있었다.

물론 그는 자신의 생각을 얼마든지 실현할 능력을 가지고 있었다.

"렛츠 무브, 베네투."

당장은 광산까지 가는 게 먼저였다.

최치우는 다시 지프 조수석에 몸을 실었다.

이제는 정말 목적지가 멀지 않았다.

베네투는 믿음직스럽게 지프를 몰았다.

아침 일찍 상파울루 공항에 도착해 차량과 운전기사를 섭외하고 곧장 길을 달려 나섰다.

어느새 붉은 노을이 하늘을 물들이며 밤을 불러오고 있었다.

최치우는 무너진 광산 마을 근처에 적당한 숙소를 구할 계획을 세웠다.

부지런히 남은 거리를 달려 휴식을 취하고, 내일의 태양과 함께 무너진 광산으로 들어갈 것이다.

브라질에서의 로드 무비가 클라이맥스를 향해 다가서고 있었다.

*   *   *

날이 밝았다.

어제의 노을보다 더 붉은 태양이 떠오르며 사위를 환하게 밝혔다.

최치우와 베네투는 무너진 광산 마을에서 30㎞쯤 떨어진 곳에 숙소를 잡았다.

물론 근처의 지리를 잘 아는 베네투가 주선한 곳이다.

이름만 호텔일 뿐 허름하고 낡은 숙소였지만 하룻밤을 쉬기엔 나쁘지 않았다.

최치우는 일찍 일어나 남미의 태양이 떠오르는 걸 바라보며 운기조식을 취했다.

기분 탓일까.

브라질의 아침 해는 유독 강렬하게 이글거리는 느낌이 들었다.

"나쁘지 않은데."

운기조식을 마친 최치우가 혼잣말을 읊조렸다.

단전에 들어찬 내공이 평소보다 뜨겁게 전신을 휘감고 돌아왔다.

악명 높은 브라질 밀림의 갱스터들을 바보로 만든 마법도 건재했다.

무너진 광산에서 돌발 사고가 일어나도 자신을 지키는 데 문제가 없을 듯했다.

따뜻한 물로 온몸을 적신 최치우는 새 옷으로 갈아입고 밖으로 나왔다.

놀랍게도 베네투는 그보다 먼저 준비를 마치고 운전석에 앉아 있었다.

고객보다 늦으면 안 된다는 철칙을 가진 듯했다.

남미 사람들은 대부분 시간 약속을 잘 안 지키는 편이다.

그렇기에 베네투의 철저한 태도는 더더욱 눈에 띨 수밖에 없었다.

'일이 되려니까 드라이버도 잘 골랐네.'

느긋하게 아침을 먹고 베네투가 일어나길 기다리려던 최치우는 기분이 좋아졌다.

그는 웃으며 손을 흔들었다.

"굿 모닝, 베네투."

"굿 모닝, 써."

"두 유 워너 헤브 어 브렉퍼스트?"

"얼레디 갓 잇. 히어."

베네투가 뜨문뜨문 짧은 영어로 대답했다.

그는 일정을 서두르는 최치우를 위해 미리 아침을 챙겨뒀다.

김이 모락모락 올라오는 따끈한 크루아상 한 조각과 커피가 보였다.

숙소에서 내주는 아침을 포장해서 차에 가져다 둔 것이다.

능숙한 운전 실력에 성실성, 게다가 이런 센스까지.

가능하다면 베네투를 한국에 데려가 운전기사로 쓰고 싶을 정도였다.

최치우는 그와 하이파이브를 하며 차에 올라탔다.

단출한 식사지만 허기를 채우기엔 그만이었다.

부우우웅!

하루 사이 정이 든 지프가 기지개를 켜듯 엔진 음을 토해냈다.

최치우는 정성이 담긴 빵과 커피를 먹으며 또다시 광산을 향해 나아갔다.

남은 거리가 대략 30㎞이기에 한 시간이면 충분했다.

태양을 등지고 달린 최치우는 심장의 박동을 거세게 느꼈다.

아직 무엇도 확인하지 못했다.

무너진 광산에서 허탕을 칠 가능성도 여전히 남아 있었다.

과연 아슬란 대륙에서도 귀하디귀한 미쓰릴이 현대의 지구에 존재하고 있을까.

섣불리 자신하기 힘든 문제였다.

그러나 최치우는 브라질까지 날아왔고, 우여곡절 끝에 광산 마을을 앞두고 있다.

이제 두 눈으로 결과물을 받아들이는 수밖에 없었다.

"써."

그때 베네투가 최치우를 불렀다.

최치우는 고개를 돌려 까무잡잡한 베네투의 얼굴을 쳐다봤다.

"텐 미닛 프롬 히어."

차로 들어갈 수 있는 한계에 도달했다.

여기서부터 십 분이면 무너진 광산 마을이 나온다.

최치우는 고개를 들어 눈앞의 시야를 확인했다.

진흙으로 혼탁해진 강 건너로 폐허가 되어버린 광산 마을의 형태가 보였다.

예기치 못한 대폭발이 일어나고 광산이 무너지며 난리가 나기 전에는 수많은 광부들이 이곳에서 땀을 흘렸을 것이다.

하지만 지금은 모든 게 진흙과 잿더미에 뒤덮여 알아보기도 힘들었다.

"식스 어 클락. 오케이?"

"오케이, 써."

최치우는 오후 6시에 이곳에서 다시 만나기로 약속했다.

점심은 한국에서 챙겨 온 전투식량으로 해결할 것이다.

한나절 내내 무너진 광산을 탐험하고 해가 떨어질 때쯤 베네투와 함께 숙소로 돌아가면 된다.

"테이크 케어, 써."

베네투는 걱정스러운 인사를 남기고 차를 돌렸다.

최치우는 지프가 멀어진 것을 확인한 다음 내공을 일으켰다.

걸어서 10분이지만 경공을 펼치면 1분 만에 주파할 수 있는 거리이다. 진흙과 폐자재로 험로(險路)가 형성됐지만 문제없었다.

타앗—!

최치우의 두 발이 땅을 박찼다.

이역만리 브라질의 외딴 지역에서 경공이 펼쳐졌다.

파바바박!

최치우는 거침없이 험로를 가로질렀다.

질척질척한 진흙도, 광산에서 쓰이던 폐자재와 장애물도 그를 붙잡을 수 없었다.

총알처럼 맹렬한 속도로 지형지물을 돌파한 그는 60초가 채 지나기도 전에 멈춰 섰다.

드디어 도착한 것이다.

미쓰릴이 묻혀 있을지 모르는 브라질의 무너진 광산.

죽음의 기운이 사방을 가득 채우고 있었지만, 최치우의 얼굴은 어둡지 않았다.

평범한 사람은 무너진 광산 마을에 혼자 있는 것만으로도 극심한 공포를 느낄 것이다.

태양이 빛나는 아침이지만, 음침한 분위기가 피부로 와닿았다.

어찌 보면 당연한 현상이었다.

진흙과 잿더미 아래 수많은 광부들, 그리고 그들을 도우며 요리를 하고 청소를 하던 사람들의 시신이 깔려 있다.

브라질 정부와 광산업체는 사고가 일어난 직후 마을을 방치했다.

비극적인 대형 사고였지만, 시신을 찾기 위해 거액을 쏟을 필요성을 못 느낀 것이다.

선진국이라면 어떤 대가를 치러서라도 시신 수색 작업을 했겠지만, 이곳은 브라질에서도 외딴 광산 마을 중 하나이다.

유족들 역시 정부와 광산업체에서 지급하는 보상금을 받고 문제 제기를 하지 않았다.

제3세계에 속하는 국가에선 흔하게 벌어지는 일이다.

"억울하게 죽은 여러분의 영혼을 위해서라도… 이곳에 미쓰릴이 있다면 정말 귀하게 쓰도록 하겠습니다."

최치우는 아무도 없는 폐허 위에서 담담하게 희생자들의 넋을 위로했다.

휘이이잉!

광산과 함께 묻혀 버린 그들이 최치우의 이야기를 들은 것일까.

어디선가 불어온 한 줄기 바람이 기이한 소리를 내며 최치우를 스치고 지나갔다.

최치우는 죽은 자의 영혼, 즉 귀신의 존재를 믿지 않았다.

이제껏 8개의 서로 다른 차원에서 자신을 제외하면 단 한 번도 영혼의 상태로 현세에 남아 있는 존재를 본 적 없기 때문이다.

그러나 수많은 사람들이 소리도 없이 묻힌 땅에서 아무렇지 않은 척 자기 할 일만 하긴 꺼림칙했다.

예전의 최치우였다면 희생자들을 신경도 안 썼을 것이다.

하지만 최치우는 7번째 환생을 통해 분명 조금씩 달라지고 있었다.

그것이 긍정적인 변화인지 부정적인 변화인지는 중요하지 않았다.

최치우 자신이 스스로 달라진 모습을 자연스럽게 받아들이고 있었다.

"자, 여기서 미쓰릴이 있는지 알아낼 방법은 하나밖에 없겠군."

짧은 추도를 마친 최치우는 주위를 돌아봤다.

광산 하나가 통째로 무너졌다는 건 보통 일이 아니다.

최치우가 아무리 초인이라도 무작정 발굴하며 미확인 금속을 찾을 순 없었다.

만약 힘겹게 찾아냈는데 미쓰릴이 아니라면 너무 뼈아픈 헛수고다.

그는 광부들로 하여금 폭파 작업을 시도하게 만든 미확인 금속이 미쓰릴인지, 만약 미쓰릴이 맞는다면 어디에 있는지 한 번에 알아낼 방법을 갖고 있었다.

물론 상식을 초월하는 기상천외한 방법이다.

최치우가 아니면 감히 시도할 엄두조차 낼 수 없는 무지막지한 해결책이다.

고오오오!

최치우는 단전에 깃든 내공을 두 손에 집중시켰다.

그의 양 손바닥 위로 무형의 기운이 맺히기 시작했다.

마치 하늘에 떠 있는 브라질의 뜨거운 태양처럼 강력한 기운이 최치우의 손을 덮혔다.

그가 현대에서 수련한 금강나한권은 절정에 이르러 대성을 바라보고 있다.

소림사 궁극의 무예로 알려진 백보신권의 위력을 상회하는 금강나한권의 절기 금강파천(金剛破天).

지고무상의 수호자 금강이 분노하면 하늘을 깨뜨리기도 한다.

수호무예라 할 수 있는 금강나한권에서 가장 파괴적인 초식이 바로 금강파천이다.

우웅― 우우웅―

최치우의 두 손에 맺힌 무형의 기운은 어느새 뚜렷한 빛깔을 띠고 있었다.

황금빛 광채에 눈이 부셨다.

최치우는 망설이지 않았다.

두 팔을 휘두르며 무너진 광산을 향해 하늘을 깨부수는 금강의 분노를 던졌다.

쐐애액―

두 줄기 황금빛 화살이 광산이 있던 지형으로 날아갔다.

금강파천을 펼친 최치우는 가만히 서 있지 않았다.

곧바로 남아 있는 모든 내공을 끌어모아 전신을 덮었다.

내공을 방패로 사용하는 호신강기였다.

만약 미쓰릴이 묻혀 있다면 금강파천을 튕겨낼 것이다.

그 엄청난 반발력에 휩쓸리지 않으려면 호신강기로 몸을 꽁꽁 둘러싸는 수밖에 없었다.

퍼퍼퍼퍼펑―!

눈 깜짝할 사이에 두 줄기 금강파천이 무너진 광산의 잔해를 강타했다.

폭파 작업에 쓰이는 정밀 다이너마이트보다 훨씬 강력한 충돌이 일어났다.

쿠쿵! 쿠쿠쿠쿵!

광산과 마을이 있던 자리를 뒤덮은 진흙더미가 움푹 파였고, 온갖 잔해가 하늘 높이 치솟았다.

말 그대로 엄청난 화력의 소형 폭탄이 무너진 광산을 때린 것 같았다.

위이이이이이잉—!

바로 그때, 광산의 잔해 밑바닥에서 섬광이 번쩍였다.

곧이어 최치우가 펼친 금강파천에 필적할 만한 에너지가 뿜어졌다.

'미쓰릴이다!'

최치우는 확신하며 입술을 질끈 깨물었다.

미쓰릴이 존재를 확인했다.

그렇다면 이제 어마어마한 반발력으로부터 자신을 지켜야 한다.

파파파파팍!

금강파천을 고스란히 튕겨낸 에너지 폭풍이 사방을 휩쓸고 지나갔다.

최치우는 전력을 다해 펼친 호신강기를 믿었다.

그는 자신이 펼친 최강의 절기를 온몸으로 받아냈다.

험난한 브라질 여정의 끝이 눈앞에 아른거리는 것 같았다.

                    *   *   *

꽉 깨문 입술에서 피가 흐를 지경이다.

그만큼 온몸을 덮친 에너지의 파동은 강렬했고, 머리끝부터 발끝까지 금방이라도 쪼개질 것만 같았다.

최치우는 범인이라면 1초도 버티기 힘든 고통을 맨몸으로 감내하고 있었다.

내공을 불살라 만들어낸 호신강기가 없었다면 뼈와 살이 조각조각 갈라졌을 것이다.

그가 펼친 금강파천은 금강나한권에서 가장 위력적인 초식이지만, 냉정히 말해 이 정도 파괴력을 지니진 않았다.

그럼에도 불구하고 이토록 압도적인 에너지 파동이 뿜어져 나온 이유는 하나밖에 없었다.

바로 전설의 금속 미쓰릴의 특성 때문이었다.

미쓰릴은 오직 순수한 마나로만 다스릴 수 있다.

그 외의 기운이 가해지면 불가사의한 반발력으로 원래보다 더 강한 에너지를 튕겨낸다.

그렇기에 아슬란 대륙에선 드래곤 슬레이어의 금속이라고도 불린 것이다.

드래곤이 뿜어내는 무시무시한 화염을 튕겨내고 강철보다 단단한 발톱도 썰어버리는 금속이니 더 이상 설명이 필요 없었다.

최치우는 뼛속까지 저릿저릿하게 만드는 고통을 느끼면서도 미소를 지었다.

미쓰릴을 찾아냈다는 확신이 통증을 이겨내게 해줬다.

후화아아악!

한바탕 에너지의 파도가 사방을 쓸고 지나갔다.

꿋꿋하게 홀로 선 최치우는 길게 한숨을 내쉬었다.

"후우, 힘들다, 힘들어."

그는 단전의 내공을 아낌없이 퍼부었다.

일시적으로 탈진에 가까운 상태가 될 수밖에 없었다.

최치우가 군이 금강파천이라는 가공할 위력의 초식을 쓴 데에는 이유가 있었다.

아슬란 대륙과 현대의 지구는 여러모로 환경이 달랐다.

그렇기에 미쓰릴로 추정되는 금속이라도 똑같은 성질을 지녔다는 보장이 없다.

금강파천이라는, 지금의 최치우가 펼칠 수 있는 가장 강력한 무공을 튕겨낸다면 아슬란 대륙의 미쓰릴과 동급이라 믿어도 될 것 같았다.

뿐만 아니라 금강파천의 반발력으로 사방을 파헤쳐야 손쉽게 미쓰릴을 얻을 수 있었다.

산사태의 여파로 진흙더미에 뒤덮인 광산을 일일이 파낼 수는 없었다.

너무 시간이 오래 걸리고 번거로운 일이다.

대신 최치우는 보다 빠른 지름길을 선택한 것이다.

실제로 땅 밑에 묻혀 있던 미쓰릴이 금강파천의 기운을 튕겨내면서 위를 덮은 진흙과 폐기물을 일시에 쓸어버렸다.

"참 오랜만이다."

최치우는 마치 오랜만에 만난 친구를 대하듯 혼잣말을 읊조렸다.

아슬란 대륙 이후 지구에서 눈을 뜨기 전까지 두 번의 환생을 더 거쳤다. 그렇기에 아슬란의 현자 제로딘으로 살던 것은 수십 년 전의 기억이다.

아슬란 대륙에서도 미쓰릴은 쉽게 구경하기 힘들었다.

오랜만이라는 최치우의 말은 진심이었다.

미쓰릴을 현대의 지구에서 다시 보게 될 줄은 상상도 못했다.

그는 아슬란에서의 좋았던 추억을 떠올리며 미소를 지었다.

그 추억이 현대에서도 달콤한 결실을 맺게 해줄 것 같았다.

완전히 파헤쳐져 속살을 드러낸 땅 밑에서 아스라한 빛을 발하는 투명한 금속이 보였다.

미쓰릴은 싸구려 보석처럼 쓸데없이 강한 빛을 내뿜지 않는다.

투명하고 은은한 색을 지녔고, 미쓰릴을 정제할 수 있는 순수한 마나가 주입될 때만 빛깔을 바꾼다.

그렇기에 순수한 마나를 지닌 마법사들은 평생 단 한 번이라도 미쓰릴을 소유하길 원한다.

전설의 금속이 지닌 어마어마한 잠재력을 떠나서 마나에 반응하는 미쓰릴의 광채가 너무 아름답기 때문이다.

최치우는 성큼성큼 걸어가 고개를 숙였다.

"역시 그렇게 많은 양은 아니군. 교묘하게 광부들의 진로를 막아선 모양이야."

그는 광산에서 어떤 상황이 벌어졌는지 짐작했다.

매장된 미쓰릴의 양은 그리 많지 않았다.

작은 창문 하나만 한 크기였고, 순수하게 정제해서 쓸 수 있는 부분은 그보다 더 작을 것이다.

하지만 아무리 작은 크기라도 광부들에겐 철옹성처럼 느껴졌을 터이다.

진로를 방해하는 정체불명의 금속을 무슨 수로도 제거할 수 없었을 게 뻔하기 때문이다.

결국 광부들은 정밀 폭파라는 카드를 꺼냈고, 미쓰릴의 특성으로 인해 재앙이 일어나고 말았다.

누군가의 비극으로 인해 최치우는 미쓰릴의 존재를 알게 됐다.

따지고 보면 돌고 도는 세상의 인연 앞에서 인간은 작은 존재일 수밖에 없다.

"일부터 끝내야지."

최치우는 밀려드는 감상을 접고 어깨를 풀었다.

미쓰릴은 지면에서 3m 정도 아래에 박혀 있었다.

뛰어내리기 힘든 높이지만 최치우에게는 아무 방해가 안 되었다.

그는 고민 없이 갈라진 땅 사이로 몸을 던졌다.

아래로 내려오니 음습한 기운이 더 강했다.

금강파천과 미쓰릴의 반동으로 온갖 폐기물은 물론 폭파 사고에 희생당한 사람들의 유골까지 휩쓸려 나왔다.

흡사 공포 영화 세트장을 방불케 하는 분위기였다.

하지만 최치우의 시선은 오직 투명한 미쓰릴에만 고정돼 있었다.

수만 명의 목숨을 직접 앗아가기도 한 멸망의 인도자가 겨우 이 정도 분위기에 겁먹을 리 없었다.

스으윽―

그는 허리를 숙여 손끝으로 미쓰릴을 만졌다.

까끌까끌한 표면의 느낌이 싫지 않았다.

그냥 봐서는 평범한 금속이나 마찬가지였다.

그런데 무엇으로도 부술 수 없고 가해지는 모든 에너지를 부풀려 튕겨내는 초월적인 금속이다.

지구에서 미쓰릴을 정제할 수 있는 사람은 오직 최치우밖에 없다.

순수한 마나를 사용할 수 있는 사람이 최치우뿐이기 때문이다.

'내공을 배제하고… 마나의 부름에만 귀를 기울이며 미쓰릴을 정제한다.'

최치우는 주문을 외우듯 익히 알고 있는 사실을 다시금 되뇌었다.

단전에 자리 잡은 내공은 마치 없는 것처럼 버려둬야 한다.

자칫 내공이 스며들면 미쓰릴이 특유의 반발력을 뿜어낼 것이다.

오직 대자연의 힘을 빌린 순수한 마나로 미쓰릴을 정제해야만 목표를 이룰 수 있었다.

최치우는 무릎을 꿇고 두 손을 뻗어 미쓰릴의 표면에 붙였다.

작은 창문 크기의 원석이 묻혀 있지만, 실제로 정수가 담긴 부분은 주먹만 할 것이다.

최치우는 순도 100%의 미쓰릴만 가져갈 생각이다.

우우웅!

그의 양 손바닥에 마나가 모여들었다.

6서클에 이르는 마법의 성취는 결코 낮지 않았다.

게다가 최치우는 동해에서 대자연의 마나와 일체화된 경험을 갖고 있다.

최치우의 몸에 깃든 마나가 대자연과 동화될 정도로 순수하다는 뜻이다.

"됐어!"

잠시 시간이 흐르고, 최치우는 저도 모르게 탄성을 내뱉었다.

투명하던 미쓰릴이 푸른색으로 물들기 시작했다.

대자연의 마나가 최치우의 몸을 통과해 미쓰릴에 스며든 것이다.

하늘빛을 담은 영롱한 광채가 눈길을 사로잡았다.

마나를 색으로 구현하는 아름다움 때문에 수많은 마법사들이 미쓰릴을 갖길 원했다.

최치우는 미소를 지으며 두 손에 힘을 더했다.

금강파천을 튕겨내며 엄청난 폭발을 일으킨 미쓰릴이 순수한 마나 앞에서는 순한 양처럼 고분고분했다.

단순한 금속이 아니라 마치 살아 있는 생명체 같았다.

뚝— 투두둑—!

마치 유리창이 쪼개지듯 미쓰릴의 외곽 부분이 떨어져 나갔다.

최치우는 스스로 미쓰릴을 정제하면서도 신기함을 느꼈다.

무엇으로도 부술 수 없는 금속이 순수한 마나를 접하면 부드러워진다.

뚜두두둑!

불순한 부분이 떨어지고 순도 100%의 미쓰릴 정수만 남게 됐다.

어른 주먹 크기의 금속이 마나를 흠뻑 머금고 영롱한 푸른 빛을 내고 있다.

최치우는 몸을 일으키며 두 손으로 미쓰릴을 들었다.

그리 무겁지는 않았다.

크기에 비하면 매우 가벼운 편이다.

하지만 감히 상상하기도 힘든 수준의 높은 가치를 가졌다.

최치우는 올림푸스의 첫 번째 프로젝트로 미쓰릴을 발굴하는 데 성공했다.

오롯이 혼자의 힘으로 도전해 아무도 모르는 전설을 되살린 것이다.

"미쓰릴—! 미쓰릴이다!"

감격에 겨운 환호성을 지를 수밖에 없었다.

그는 미쓰릴을 떠받든 두 손을 높이 들었다.

주위에 누구 하나 없지만, 이 순간 세상의 주인공이 된 기분이다.

손에 쥔 미쓰릴로 할 수 있는 일이 무궁무진하다.

최치우는 세상을 바꾸는 연금술사로의 첫발을 내디뎠다.

미쓰릴과 함께 한국에 돌아갈 생각을 하니 가슴이 거세게 뛰었다.

최치우와 올림푸스는 세상을 뒤흔들 태풍의 눈이 될 것이다.

            *   *   *

최치우는 약속 시간에 맞춰 차를 끌고 온 베네투를 만났다.

베네투는 한나절 사이 옷이 찢어지고 진흙투성이가 된 최치우를 이상하게 쳐다봤다.

하지만 귀찮은 질문을 던지지는 않았다.

무너진 광산 마을에서 무슨 일이 벌어졌는지 아는 사람은 아무도 없다.

앞으로도 영원히 미스터리로 남을 것이다.

브라질 정부와 광산업체가 관심을 끊은 외지이고, 설혹 먼 훗날 다시 개발된다고 해도 뭔가를 캐내기는 불가능하다.

하루를 푹 쉬고 상파울루로 돌아온 최치우는 베네투에게 넉넉하게 팁을 줬다.

베네투가 몇 달을 열심히 일해야 받을 수 있는 돈이었다.

그는 너무 큰 액수의 팁을 사양하는 베네투에게 진심을 담아 말했다.

"베네투, 나에게 준 도움을 생각하면 이것도 결코 많은 돈이 아닙니다. 언제가 될지 모르겠지만 다음에 또 만나요. 브라질에서의 인연은 소중히 간직하겠습니다."

베네투는 감동을 받은 듯 고개를 끄덕이며 최치우가 건넨 봉투를 챙겼다.

최치우는 잠깐이라도 함께 일한 사람들의 노고를 가볍게 여기지 않았다.

올림푸스의 몸집이 커지고 직원들이 생겨도 같은 원칙을 지킬 것이다.

그는 이제까지 철저히 혼자였으나 그로 인한 한계를 누구보다 잘 알고 있었다.

함께하는 사람들, 즉 동료들에게 꿈을 심어주고 동기를 부여하는 것.

또한 적절한 보상을 해주는 것은 굉장히 중요한 덕목이다.

저 혼자 잘난 리더는 언젠가 고꾸라지고 만다.

그때는 누구도 그를 일으켜 세워주지 않는다.

하지만 튼튼하고 강한 팀을 만들면 서로가 서로의 기둥이 되어 버틸 수 있었다.

6번의 환생을 거친 최치우가 최강의 낭인이었다면 7번째 환생에서 그는 자신만의 군주론을 세우며 다른 모습으로 성장하고 있었다.

브라질에서 또 한 계단 도약할 발판을 마련한 최치우는 당당하게 귀국했다.

미쓰릴을 들고 한국에 가는 건 어렵지 않았다.

화물 검사를 해도 공항 측에서는 미쓰릴이 뭔지 알아낼 수 없었다.

이제까지 세상에 알려지지 않은, 미쓰릴이라는 이름조차 최치우 외에는 모르는 금속이기 때문이다.

주먹 크기의 미쓰릴은 그저 에메랄드의 아류쯤으로 여겨졌다.

최치우는 퍼스트 클래스에서 샴페인을 마시며 하늘을 바라봤다.

창공이 끝없이 펼쳐져 있다.

아무 보장 없이 브라질로 날아온 게 고작 며칠 전이다.

그런데 이제는 값으로 따지기 힘든 미쓰릴을 품고 돌아가는 비행기 안이다.

자신의 회사에 신들의 세계인 올림푸스라는 이름을 붙인 게 부끄럽지 않았다.

첫 번째 프로젝트에서 신의 금속을 찾아냈기 때문이다.

공룡이 썩은 물에 불과하던 기름이 세계를 먹여 살리는 에너지가 된 것처럼 최치우는 지금은 그 누구도 가치를 모르는 미쓰릴로 어마어마한 일을 이뤄낼 것이다.

그의 포부는 하늘을 가르는 비행기만큼 높았다.

마나를 받으면 다양한 광채를 뿜어내는 미쓰릴처럼 올림푸스의 앞길이 찬란하게 빛날 것 같았다.

3장

남다른 스케일

"상쾌하군, 상쾌해."

최치우는 일어나자마자 기지개를 쭉 펴며 밝은 미소를 지었다.

그의 방 책상 위에 미쓰릴이 놓여 있다.

창문 너머로 들어온 아침 햇살을 받아 투명한 미쓰릴이 오늘 따라 더 청아해 보였다.

마나를 주입하지 않아 색이 변하지 않아도 그 자체로 아름다웠다.

오직 한 사람, 최치우 자신만 미쓰릴의 진가를 알기에 더욱 특별하게 느껴지는 건지도 모른다.

만약 온 세상이 미쓰릴의 가치를 안다면 최치우는 사설 금고에 보관했을 것이다.

그러나 아직 그 진가를 아는 사람이 없기에 도둑맞을 염려
도 없었다.

마음 편히 집 안에 둬도 되는 것이다.

"치우야, 일어났니?"

그가 방문을 열고 나오자 어머니의 음성이 들려왔다.

부엌에서는 맛있는 냄새가 솔솔 풍겨오고 있었다.

어머니에게 선물해 드린 독립문의 아파트는 예전 집보다 훨
씬 편안했고, 어머니와 함께 보내는 시간도 늘었다.

난생처음 가게와 아파트가 생긴 어머니는 최치우 덕분에 한
결 여유로워졌다.

물질적인 여유가 생기니 마음이 넉넉해지는 건 당연했다.

오늘도 가게를 늦게 여는 대신 브라질에서 돌아온 아들에게
아침을 차려주고 있었다.

이제 예전처럼 먹고살기 급급해서 쫓기듯 일해야 하는 시절
은 지나갔기 때문이다.

최치우는 식탁에 앉아 감탄을 금치 못했다.

아침부터 갈비찜에 새우구이까지… 생일상 같은 진수성찬이
차려진 것이다.

"어머니, 아침부터 너무 무리하신 거 아니에요?"

"아니야, 아니야. 우리 아들이 먼 길 갔다 와서 먹는 집밥인
데 신경 써야지."

"그래도 이른 새벽부터 고생하셨어요."

"걱정 말고 어서 먹어. 너 밥 먹는 걸 봐야 나도 가게 나가지."

"그럼 잘 먹겠습니다."

최치우는 젓가락으로 갈비찜을 들었다.

하지만 이내 내려놓고 손을 썼다.

좀 지저분해도 갈비는 손으로 뜯어야 제 맛이다.

어머니가 정성스레 차려준 음식을 하나씩 맛본 최치우는 진심에서 우러나온 탄성을 토해냈다.

"와, 이러면 밖에 나가서 음식 사 먹기 힘들어요. 집밥이 너무 맛있어서."

"한 그릇 더 먹으렴."

"세 그릇도 먹을 수 있을 것 같습니다."

"말이라도 고맙구나, 우리 아들."

어머니와 최치우는 서로를 마주 보며 흐뭇한 표정을 지었다.

따뜻한 아침이었다.

돌아올 곳이 있기에 여행과 모험이 더욱 아름다운 법이다.

최치우는 집이 최고라는 오래된 격언을 상기하며 밥을 꼭꼭 씹어 먹었다.

오늘은 바쁘게 움직여야 한다.

어머니의 아침상은 그에게 하루 종일 큰 힘이 되어줄 것이다.

"잘 먹었습니다!"

정말 두 그릇을 비워낸 최치우는 식탁에서 일어났다.

어머니는 아들이 식사를 마치는 것을 본 다음에야 가게로 나갈 채비를 했다.

"먼저 다녀올게. 오늘도 조심하고. 알았지?"

"걱정 마세요, 어머니."

최치우는 현관문을 나서는 어머니를 바라보며 손을 흔들었다.

이제 그도 나가야 한다.

오전부터 약속이 줄줄이 잡혀 있었다.

특히 김도현 교수와 임동혁 본부장을 만나서 미쓰릴을 어떻게 활용할지 의논하기로 했다.

그는 깜짝 놀랄 두 사람의 얼굴을 기대하며 욕실로 들어갔다.

브라질에서는 원석을 캐냈다면 한국에선 원석을 가공해 세계 최고의 보석으로 만드는 작업을 해야 한다.

물론 그는 크게 걱정하지 않았다.

최치우에게는 올림푸스라는 드림팀이 있기 때문이다.

겨우 출발선에 섰을 뿐이지만 올림푸스는 임동혁의 막대한 재력과 김도현의 전문성을 양 날개로 보유하고 있다.

게다가 최치우라는 역사상 전무후무한 괴물이 중심을 이뤘다.

올림푸스와 미쓰릴.

최치우는 자신의 퍼즐이 딱딱 맞아가는 걸 느끼며 콧노래를 흥얼거렸다.

　　　　*　　　　　　*　　　　　　*

"그러니까, 이게 그 미쓰릴입니까?"

임동혁이 눈을 가늘게 뜨고 미쓰릴을 전후좌우로 살펴봤다.

김도현 교수는 최치우가 브라질로 떠나기 전 비교적 상세한 설명을 들었다.

하지만 임동혁은 아니었다.

그는 셋이 모인 자리에서 미쓰릴의 특성에 대해 브리핑을 받았다.

물론 최치우는 친절하고 자세히 설명해 주진 않았다.

핵심만 간결하게 요약해서 짚어줬기에 선뜻 이해하기 어려운 부분이 많았다.

"한번 만져봐도 됩니까?"

"그럼요. 바닥에 던져도 됩니다."

"네?"

"아까 말했잖아요. 무엇으로도 부술 수 없다고. 본부장님이 아무리 용을 써도 흠집조차 낼 수 없습니다."

최치우는 같은 설명을 반복하는 게 피곤하다는 듯 시크하게 대답했다.

그러나 임동혁은 마냥 신기할 따름이다.

그는 재벌 2세이자 대기업의 후계자로 누구 못지않게 넓은 견문을 자랑했다.

아드레날린 중독 증세를 보이기에 세상에서 신비하고 재밌는 것은 가리지 않고 탐닉해 왔다.

하지만 임동혁조차 미쓰릴이라는 금속은 아예 금시초문이었다.

그 비슷한 금속이 있다는 풍문도 들어본 적이 없었다.

최치우는 그답지 않게 쭈뼛거리며 손가락으로 미쓰릴 표면을 만지는 임동혁을 쳐다봤다.

확실하게 보여줘야 할 것 같았다.

터억.

자리에서 일어난 최치우가 두 손으로 미쓰릴을 잡았다.

"왜 그럽니까?"

그는 불안한 표정을 짓는 임동혁에게 미소를 날려줬다.

그러고는 망설임 없이 미쓰릴을 머리 위로 높이 들었다.

"어, 어!"

임동혁이 말릴 틈도 없었다.

최치우는 누가 봐도 놀랄 정도로 있는 힘껏 미쓰릴을 바닥으로 내던졌다.

쿠우우웅─!

바닥이 들썩이는 기분이다.

묵직한 소리가 사방으로 울려 퍼졌다.

임동혁의 개인 사무실 바닥은 단단하고 비싼 대리석으로 마감돼 있다.

그런데 원형의 미쓰릴이 대리석을 깨부수고 바닥을 움푹 파고들어 갔다.

"이, 이게 무슨……."

임동혁이 놀란 표정을 지었다.

그러나 이내 어이가 없다는 듯 피식 실소를 터뜨렸다.

그는 언제나 예상을 뛰어넘는 최치우의 행동을 싫어하지 않았다.

오히려 그의 아드레날린 중독에 딱 맞는 행동이라 좋아했다.

괜히 미친놈끼리 잘 통하는 게 아니었다.

"진짜 흠집 하나 안 났습니다."

"내가 거짓말을 하겠어요?"

"이거 대단하군요. 엄청 비싸고 단단한 대리석인데 말입니다."

"이건 약과입니다. 공업용 절삭기에 집어넣으면 어떻게 될 것 같습니까?"

"최치우 씨 말대로라면 절삭기 날이 부서지겠죠."

"정확합니다."

"마나라는 설명이 불가능한 기운으로만 정제할 수 있는 금속이라는 거 충분히 이해가 됐습니다."

역시 백문이 불여일견이다.

사람은 직접 보고 체험해야 뭐든 빨리 깨닫는다.

임동혁은 물론 이론적으로 미쓰릴에 대해 숙지한 김도현 교수에게도 효과가 있었다.

"치우 군, 정말 무엇으로도 부술 수 없는 강도에 주입되는 에너지를 증폭시켜 발산한다면 엄청난 연구 가치가 있겠어요."

최치우는 단순한 임동혁을 지나쳐 말이 통하는 상대를 찾았다.

그는 고개를 끄덕이며 대답했다.

"지금은 주먹 크기의 미쓰릴이지만 마나를 이용해 조각낼 수 있습니다. 손톱 크기로 조각내면 100개가 넘게 나오겠죠. 그 조각 하나의 가치가 어느 정도일까요, 교수님?"

"글쎄요……. 적어도 10억은 넘겠네요."

김도현 교수는 사뭇 진지하게 추측을 내놓았다.

하지만 옆에서 둘의 이야기를 듣던 임동혁은 대리석 바닥이 부서질 때보다 눈을 크게 떴다.

"작은 조각 하나에 10억? 그럼 100개면 1,000억? 김 교수님, 지금 농담하는 거 아닙니까?"

그는 듣도 보도 못한 금속의 가치가 1,000억 이상이라는 데 충격을 받은 것 같았다.

그러나 최치우는 한 걸음 더 나갔다.

"만약 미쓰릴을 큰 덩어리로 넘기면 1,000억보다 더 받을 수도 있다고 봅니다."

"치우 군의 말이 맞아요. 여러 연구기관이 아닌 한 곳에 독점적으로 제공한다면… 그 가치는 더욱 올라가겠지요."

임동혁은 충격을 받았는데 최치우와 김도현은 1,000억 이상을 바라보고 있었다.

현실적으로 전혀 불가능한 이야기가 아니었다.

전 세계 웬만한 대학에는 신소재공학과나 금속학과가 존재한다.

그들에게 이제껏 발견되지 않은 새로운 금속은 더할 나위 없이 훌륭한 연구 재료이다.

게다가 미쓰릴은 부서지지도 않고 에너지를 반사하는 특징도 갖고 있다.

손톱 크기의 조각이라 해도 10억 정도의 가치는 충분히 인정받을 수 있을 것이다.

"이렇게 쉽게 1,000억이라니……."

임동혁이 말끝을 흐렸다.

그는 대기업의 후계자이기에 금전적 스케일이 달랐다.

하지만 최치우는 그런 임동혁의 스케일마저 초월한 성과를 가져왔다.

고작 며칠 브라질에 다녀오더니 1,000억 원 가치의 신금속을 들고 나타난 것이다.

최치우는 올림푸스의 지분 70%를 가지고 있다.

세금과 비용 등을 제외하고 단순하게 계산하면 첫 번째 프로젝트로 700억 부자가 된 셈이다.

임동혁 역시 특별한 지원도 해주지 않고 300억 원가량의 수익을 거둔 것이나 마찬가지이다.

그는 어안이 벙벙한 얼굴로 최치우를 쳐다봤다.

원래부터 상식을 벗어난 인간인 건 알고 있었다.

그렇지만 알면 알수록 더 대단해 감탄하는 것도 지겨울 정도였다.

"역시 내가 최치우 씨와 손을 잡은 건 천재일우의 기회였습니다."

그는 솔직한 생각을 토로했다.

남들은 최치우가 운 좋게 재벌 2세를 물어서 빵빵한 지원을 받으며 창업한다고 여길지 모른다.

그러나 실상을 알고 있는 사람들은 달리 생각할 수밖에 없었다.

최치우의 날개 역할을 하게 된 임동혁이 축복을 받은 것이다.

"낯간지러운 말은 됐고, 이제 미쓰릴의 가치를 어떻게 높일지 고민해 봅시다."

최치우는 자연스레 리더 역할을 하며 화제를 돌렸다.

말은 꺼냈지만 미쓰릴을 조각내서 대학교 연구실에 나눠 팔고픈 생각은 조금도 없었다.

그렇게 해서 1,000억을 벌어봐야 최치우에겐 큰 의미가 없기 때문이다.

그는 미쓰릴이 세상을 바꾸는 데 기여할 수 있기를 원했다.

그러면서도 금전적으로 더 큰 가치를 인정받는 방법이 있을 것이다.

그 방법을 찾기 위해 세 사람은 머리를 모았다.

"이런 연구 재료를 위해 거액을 아끼지 않고 투자할 수 있는 나라는 지구에서 두 곳뿐이지요."

김도현 교수가 자못 의미심장하게 운을 떼웠다.

최치우와 임동혁은 김도현이 어느 나라를 언급할지 곧장 감이 왔다.

"당연하게도 미국과 중국이에요."

"교수님, 중국은……."

최치우는 단칼에 중국이라는 후보를 쳐냈다.

이유는 김도현 교수도 알고 있었다.

"맞아요. 아직까지 중국 정부는 신뢰할 수 없지요. 미쓰릴을 중국과 거래하기엔 리스크가 너무 커요."

중국은 여전히 강력한 독재국가다.

자본주의 시스템이 돌아가고 있지만, 중국 공안이 마음먹으면 무슨 일이 벌어져도 이상하지 않았다.

"미국이라면 우리 그룹에서 네트워크를 많이 가지고 있는데."

임동혁이 회심의 미소를 지으며 중얼거렸다.

요즘 들어 최치우 앞에서 종종 모자란 모습을 보이지만, 임동혁이 가진 자산은 돈이 전부가 아니었다.

그의 인맥과 승부사 본능은 결코 무시할 수 없었다.

최치우는 임동혁을 쳐다보며 어려운 미션을 요구했다.

"펜타곤과 나사, 접촉 가능합니까?"

"펜타곤이랑 나사가 옆집 애 이름도 아니고……."

임동혁이 불만스러운 표정을 지었다.

미국 국방부(U.S. Department of Defense)와 항공우주국(National Aeronautics and Space Administration)은 지구에서 가장 비밀이 많은 단체이다.

그렇기에 최치우의 요구는 미션 임파서블이나 다름없었다.

하지만 이만한 능력이 없으면 올림푸스라는 드림팀에서 활동할 수 없다.

설령 자본을 대는 임동혁이라 해도 예외는 아니다.

최치우의 눈빛이 싸늘해지려는 찰나, 임동혁이 눈치 빠르게 말을 이었다.

"그러나 우리 최치우 씨가 하라면 해야지 별수 있겠습니까. 소문나지 않게 펜타곤과 나사의 고위층을 연결해 보겠습니다."

"믿어도 되겠죠, 본부장님?"

"내가 공수표 날리는 사람이 아니란 걸 보여주겠습니다. 기대해도 좋습니다, 최치우 씨."

임동혁이 자신만만한 눈빛으로 최치우를 쳐다봤다.

최치우는 고개를 끄덕였다.

믿을 거면 확실하게 믿는다.

그게 사람을 쓰는 기본적인 원칙이다.

이로서 브라질에서 찾아낸 미쓰릴은 펜타곤, 또는 나사와의 협상 카드로 쓰이게 됐다.

최치우의 행보는 차원이 달라도 너무 달랐다.

1,000억이라는 숫자에 임동혁이 놀랐다면, 펜타곤과 나사가 등장하자 김도현 교수가 눈을 크게 떴다.

올림푸스의 주인 최치우만 놀라지 않고 돌아가는 상황을 담담하게 주시하고 있었다.

머지않아 최치우가 이끄는 신들의 세계가 온 세상에 진면목을 드러낼 것 같았다.

*　　　　*　　　　*

최치우는 유은서와 즐거운 시간을 보내고 있었다.

브라질로 떠나기 전, 둘은 비밀스러운 밤을 보내며 몸과 마음이 더 가까워졌다.

그리고 일주일 가까이 연락이 닿지 않았으니 서로 보고픈 마음이 커질 수밖에 없었다.

상파울루에서는 와이파이를 잡아 연락을 할 수 있었지만, 광산 지대는 완벽한 오지였다.

게다가 최치우는 한번 몰입하면 무서운 집중력을 발휘한다.

오직 앞만 보고 달려드는 게 그의 장점이자 단점이다.

아무리 소중한 사람이라고 해도 미쓰릴을 찾겠다는 목표 앞에서는 뒷전이다.

최치우는 7번째 환생을 경험하며 많이 달라지고 있지만, 영혼의 본질적인 부분까지 변하진 않았다.

그를 사랑하는 여자들은 언제나 마음 졸이고 기다려야 하는 운명을 감내할 수밖에 없었다.

최치우도 그런 사실을 알기에 유은서에게 깊이 다가서지 못한 것이다.

결과적으로 그녀가 먼저 다가오며 깊은 관계가 됐지만, 최치우는 언제든 떠날 수 있는 사람이었다.

지금 유은서를 진심으로 좋아하고 있지만 선택의 순간이 오면 단호해질 게 분명했다.

"아, 정말 꿈만 같아."

유은서가 달콤한 숨을 내쉬며 최치우의 목을 두 손으로 끌어안았다.

원래 뭐든 처음이 어렵지 두 번째는 일사천리다.

밖에는 태양이 환하게 떠 있었지만, 최치우와 유은서는 그 나이대의 여느 커플들처럼 뜨거운 사랑을 나눴다.

최치우의 몸은 무공으로 단련되어 일반인의 한계를 훌쩍 넘어섰다.

그래서일까.

붉게 달아오른 유은서의 얼굴이 무척 행복해 보였다.

아직 스물한 살에 불과한 어린 나이지만 그녀도 여자는 여자였다.

최치우는 유은서의 새하얀 볼을 어루만지며 입을 열었다.

"학교는 좀 어때?"

"네가 휴학하니 재미가 없어. 시환이 오빠도 4학년이라 그런지 조용해."

"그래? 조만간 시환이 형도 만나야겠네."

최치우는 천천히 고개를 끄덕였다.

이시환은 졸업반답게 진로를 고민하며 이것저것 열심히 준비하는 모양이다.

물론 최치우에겐 별도의 계획이 있었다.

그는 미래에너지 탐사대 멤버 중에서 이시환과 대학원생 백승수를 올림푸스로 데려올 예정이다.

두 사람의 동의가 필요하지만, 개인적인 친분을 떠나 업계 최고의 조건을 제시할 예정이기에 크게 걱정하진 않았다.

"치우야."

"응?"

그때 유은서가 최치우를 불렀다.

그녀는 다른 말 없이 최치우의 얼굴을 빤히 쳐다보고만 있었다.

무엇을 더 원하는 것일까.

오랜만에 다시 만난 남자 친구를 바라보는 유은서의 눈빛이 촉촉했다.

최치우는 그녀가 보내는 사인을 놓치지 않았다.

현대에서는 첫 번째 여자 친구지만, 7번의 환생과 8개의 다른 차원을 거치며 만난 여자들이 적지 않다.

그렇기에 나이에 비해 여자를 대하는 태도나 센스가 뛰어났다.

딱히 또래들처럼 이성 관계에 목숨을 걸지 않을 뿐, 작정하면 누구의 마음도 사로잡을 자신이 있었다.

스윽—

고개를 내민 최치우가 유은서의 분홍빛 입술을 덮었다.

방금 전 사랑을 나눈 열기가 채 식지 않았지만 또다시 방 안의 온도가 높아질 것 같았다.

우웅! 우우웅!

입술을 포갠 두 사람이 서로를 안으려는 찰나, 스마트폰이 진동음을 토해냈다.

침대 옆 탁자에 폰을 올려둔 최치우는 미안한 표정을 지으며 유은서에게서 떨어졌다.

"잠깐만. 중요한 전화일지 몰라서."

"으응, 괜찮아."

유은서가 아쉬운 표정을 지으며 최치우의 목을 놔줬다.

최치우는 팔을 뻗어 스마트폰을 들었다.

액정 화면에는 임동혁 본부장이란 여섯 글자가 선명하게 떠올라 있었다.

최치우는 통화 버튼을 누르며 무뚝뚝하게 말했다.

"본부장님, 급한 일 아니면 나중에……."

—최치우 씨!

그런데 예삿일이 아닌 모양이다.

임동혁이 최치우의 말을 중간에서 끊었다.

그는 잔뜩 상기된 음성으로 다급히 말을 계속했다.

―미국에서 콜이 왔습니다!

"미국 어디서요?"

―펜타곤과 나사 양측 모두 관심을 보이고 있습니다.

생각보다 일이 빨리 풀리고 있었다.

한영그룹 후계자인 임동혁의 네트워크와 추진력은 기대 이상이었다.

최치우는 눈을 번쩍 뜨며 대답했다.

"오늘 저녁에 만나죠. 김 교수님께도 연락을 부탁합니다."

―장소는 광화문 시즌스호텔로 합니다.

"알겠습니다."

임동혁은 시즌스호텔의 프레지던트 스위트룸을 비밀 집무실처럼 사용하고 있었다.

최치우도 몇 번 방문해서 익숙했다.

전화를 끊은 최치우는 온몸에 피가 쫙 도는 기분이 들었다.

유은서와 사랑을 나눌 때보다 심장이 더 거세게 뛰었다.

"왜 그래? 좋은 일이야?"

"응, 완전 좋은 일!"

최치우는 궁금해하는 그녀에게 환한 미소를 보여줬다.

그의 심장은 이미 광화문 시즌스호텔로 달려가고 있었다.

그러나 마냥 서두를 필요는 없었다.

저녁까지는 시간이 있었다.

최치우는 다시 유은서의 작은 어깨를 끌어안았다.

"저녁은 같이 못 먹겠다."

"괜찮아. 난 지금 이 순간이면 충분해."

달콤한 말이 오가며 서로가 서로를 놓아주지 않았다.

펜타곤과 나사의 러브콜을 받은 최치우는 가벼운 마음으로 진짜 사랑을 나눴다.

*   *   *

경복궁과 광화문 광장, 그리고 저 너머 서울시청까지 한눈에 내려다보이는 요충지.

최치우는 최고의 입지를 자랑하는 프레지던트 스위트룸의 전면 유리 앞에 서 있었다.

그는 왜 임동혁이 비싼 돈을 내고 이곳을 제 집처럼 사용하는지 알 것 같았다.

이곳에 있으면 마치 서울을 발아래 둔 기분이 들기 때문이다.

"강의 때문에 조금 늦었어요."

그때 스위트룸 문이 열리고 마지막 손님인 김도현 교수가 들어왔다.

김도현 교수는 서둘러 발걸음을 재촉한 기색이 역력했다.

여간해선 차분함을 잃지 않는 그였지만, 펜타곤과 나사의 응답은 그마저 흥분시키기 충분했다.

"기다리고 있었습니다."

늘 그렇듯 한 손에 위스키 잔을 든 임동혁이 미소를 지으며 말했다.

그는 최치우가 도착했을 때부터 의기양양한 표정을 짓고 있었다.

자신의 능력으로 펜타곤, 그리고 나사의 회신을 받았기 때문이다.

물론 미쓰릴이라는 새로운 금속의 특성이 전무후무하기에 가능한 결과였다.

그러나 연락책으로서 임동혁의 네트워크가 큰 역할을 했음은 부인할 수 없었다.

최치우는 임동혁을 바라보며 가볍게 한마디 툭 던졌다.

"본부장님과 함께 일하는 보람이 있긴 하군요."

"뭡니까, 그 칭찬인지 욕인지 모를 아리까리한 이야기는?"

"칭찬입니다, 칭찬."

이제 두 사람은 툭탁거리는 것도 자연스러워 보였다.

독도 해저 자원 개발을 함께하면서 제법 신뢰가 쌓인 탓이다.

"자, 그럼 일 이야기를 해보겠습니다."

임동혁이 위스키 잔을 바(Bar) 테이블에 내려놓았다.

그는 김도현 교수가 도착하기만을 기다리고 있었다.

최치우도 함께 브리핑을 받기 위해 인내심을 발휘하고 있는 터였다.

둘의 시선이 임동혁에게 고정됐다.

임동혁은 칭찬을 바라는 어린아이처럼 눈을 빛내며 입을 열었다.

"우리 그룹의 네트워크를 통해 비공식적으로 펜타곤, 나사의 고위층에게 정보를 전달했습니다. 물론 미쓰릴의 기본적인 특성 정도만 제한적으로 언급하는 데 그쳤습니다."

"쉽게 믿지는 않았을 텐데, 본부장님 덕입니다."

최치우는 이전과 달리 진지하게 임동혁의 공을 인정하며 고개를 끄덕였다.

미쓰릴은 이 세계에 전혀 알려지지 않은 금속이다.

그렇기에 펜타곤과 나사에서 이야기만 듣고 쉽게 믿을 리 없었다.

하지만 한영그룹이 보증을 선 덕분에 신뢰도가 높아졌을 것이다.

한국을 대표하는 국제적인 대기업의 후계자가 근거 없는 헛소리를 할 가능성은 극히 낮기 때문이다.

"최치우 씨에게 칭찬을 듣는 거, 마치 우리 영감한테 칭찬받는 기분입니다."

임동혁의 입이 귀에 걸렸다.

그는 엄하기로 유명한 한영그룹의 회장, 바로 자신의 아버지에게 칭찬을 받는 것과 비슷한 기분이라고 말했다.

그만큼 최치우를 중요한, 또 어렵고 대단한 존재로 여기는 것이다.

최치우는 피식 웃으며 핵심적인 질문을 던졌다.

"그래서 펜타곤과 나사는 어떻게 움직일 예정인가요?"

"한국으로 사람을 보낼 겁니다. 물론 모든 게 비밀리에 진행될 예정입니다."

"펜타곤과 나사는 독립적인 기관이니 각기 다른 사람이 오겠군요. 그리고 우리 정부에 어디까지 공개하느냐도 문제인데."

"역시."

임동혁이 놀란 듯 눈을 크게 떴다.

최치우가 단번에 가장 예민한 포인트를 지적했기 때문이다.

펜타곤과 나사 모두 미국 정부 기관이지만, 서로 완전히 독립돼 있다.

제시하는 조건이 비슷할 경우 어느 쪽 손을 들어줄지 고민해야 한다.

게다가 우리 정부와의 관계도 고려하지 않을 수 없다.

미국 국방부 및 항공우주국과의 접촉은 단순한 일이 아니었다.

경우에 따라서는 한국의 안보 문제로 비화될 가능성도 있었다.

"어려운 문제지만 복잡하게 생각하지 맙시다. 이럴수록 심플한 게 정답입니다."

최치우는 길게 고민하지 않았다.

임동혁과 김도현은 최치우의 생각을 듣기 위해 기다렸다.

함께 머리를 맞대고 의논하지만, 올림푸스의 최종 결정권은 최치우에게 있었다.

이제는 가장 어린 최치우가 리더십을 발휘하는 게 자연스러웠다.

"우선 펜타곤이든 나사든 만나보고 결정하죠. 필요하다면 미쓰릴을 나눌 수도 있으니까."

미쓰릴을 정제할 수 있는 건 이 세상에서 오직 최치우뿐이다.

어쩌면 펜타곤과 나사 모두 올림푸스의 첫 번째 협력사로 만들지 모른다.

"치우 군, 우리 정부와의 문제는 어떻게 풀어나갈 생각인가요?"

김도현 교수는 아무래도 한국 정부를 우선시했다.

최치우는 그를 쳐다보며 대답했다.

"이쪽에서 먼저 호들갑 떨 필요는 없을 것 같습니다. 우선 펜타곤과 나사를 만나보고 윤곽을 그린 다음 우리 정부와 접촉하겠습니다. 독도 개발로 쌓은 신뢰가 있으니 어렵지 않을 겁니다."

최치우는 가급적 대한민국에 득이 되는 방향으로 선택하고 싶었다.

그러나 우리나라라는 이유만으로 호구가 될 생각은 추호도 없었다.

정부가 정당하고 합리적인 대가를 지불한다면, 그리고 미쓰릴을 이용해 어떤 프로젝트를 추진할지 청사진을 제시한다면 협상에 응하지 않을 이유가 없다.

하지만 최치우의 기준에 미치지 못한다면 한국 정부의 눈치를 보지 않을 것이다.

그는 이 세상 누구의 눈치도 볼 생각이 없었다.

"조금 염려는 되지만, 올림푸스는 온전히 치우 군의 회사이니 결정을 따라야지요. 필요한 부분, 특히 우리 정부와의 관계에서 내가 많이 도울게요."

"감사합니다, 교수님."

최치우는 김도현 교수에게 고개를 숙였다.

간단한 행동이었지만 최치우의 진심이 가득 담긴 행동이었다.

그는 제자인 최치우의 리더십을 인정해 줬다.

자신의 의견을 말하면서도 최치우를 존중하고 동시에 할 수 있는 일을 찾아 움직인다.

100점짜리 멘토라고 해도 과언이 아니었다.

임동혁은 훈훈한 사제지간이 못마땅한 듯 다시 위스키 잔을 들었다.

"쳇, 나한테는 늘 구박만 하는 최치우 씨가 김 교수님께는 아주 깍듯합니다."

"동업자랑 선생님이 어떻게 같겠어요?"

최치우는 쓸데없는 소리 하지 말라는 표정으로 임동혁의 말을 잘랐다.

한영그룹의 후계자를 이리 막 대할 수 있는 사람 역시 최치우밖에 없을 것이다.

그는 곧장 본론을 꺼냈다.

"펜타곤과 나사에서 온다는 사람들, 일정은 어떻게 잡을 건가요?"

"우리가 답을 주면 곧바로 움직일 겁니다. 미쓰릴의 특성을 듣고 몸이 달았으니."

"그럼 가능한 한 빨리 진행하죠."

"알겠습니다."

임동혁이 고개를 끄덕였다.

그의 추진력이라면 며칠 안에 펜타곤과 나사에서 파견된 사람을 만나게 될 것이다.

최치우는 크게 걱정하지 않았다.

펜타곤의 위세가 아무리 대단해도, 나사가 인류의 정점에 있어도 결국 최치우 앞에선 을이 될 수밖에 없었다.

미쓰릴의 특성을 확인하면 그들은 어떻게든 최치우에게 잘 보이려 애를 쓸 게 분명했다.

만약 힘이나 권력으로 미쓰릴을 탈취하려 든다면 혹독한 대가를 치르게 될 것이다.

'얼른 한국에서 봅시다, 펜타곤, 나사.'

최치우는 세계 최강의 무력 기관과 최고의 우주 기관을 동시에 한국으로 불러들인 셈이다.

더 놀라운 점은 이게 올림푸스의 첫 번째 프로젝트에 불과하다는 사실이다.

　이제 막 자신의 레이스에 뛰어든 최치우는 시작부터 월드 클래스임을 입증하고 있었다.

4장

펜타곤과 나사

번갯불에 콩 구워 먹듯 일이 빠르게 진행됐다.

이유는 간단했다.

펜타곤과 나사에서 하루라도 빨리 미쓰릴을 직접 보길 원했기 때문이다.

그들은 내심 반신반의하는 마음일 것이다.

그러나 한영그룹의 후계자가 직접 보증한 미쓰릴의 특성은 너무 놀라웠다.

만약 그러한 특성이 사실이라면 미쓰릴을 확보하는 건 펜타곤과 나사의 고위층까지 관여하는 중대한 프로젝트가 될 터이다.

최치우는 주먹 크기의 미쓰릴을 가방에 넣고 길을 나섰다.

그는 최소 1,000억 원 이상의 가치를 지닌 미쓰릴을 배낭에 넣고 다녔다.

감히 누구도 최치우로부터 그의 물건을 훔치거나 뺏을 수 없었다.

'슬슬 차를 한 대 사야겠어.'

최치우는 원활한 이동을 위해 자동차의 필요성을 느꼈다.

서울 시내에는 24시간 택시가 다니지만, 언제든 운전할 수 있는 자차에 비하면 불편할 수밖에 없었다.

'임 본부장님에게 추천해 달라고 해야지.'

그는 이런저런 생각을 하며 목적지에 도착했다.

오늘은 펜타곤에서 파견 나온 사람을 먼저 만나기로 했다.

약속 장소는 경기도 모처에 위치한 한영그룹의 연구실이다.

미쓰릴의 특성을 제대로 시험하기 위해선 연구 장비가 필요했다.

임동혁은 본부장으로서 직권을 발휘해 그룹 연구실 직원들에게 통째로 휴가를 줬다.

덕분에 텅 빈 연구실을 마음껏 사용할 수 있었다.

여러모로 임동혁이란 존재는 최치우와 올림푸스에 쏠쏠한 도움이 됐다.

파이트 클럽을 통해 임동혁을 알게 되고, 반쯤 미친 그와 즉흥적으로 의기투합한 것도 운명인지 모른다.

물론 최치우 스스로 개척해서 만든 운명과 인연이다.

'이제 구박을 좀 덜해야겠군.'

최치우는 올림푸스에서 애물단지 취급을 받는 임동혁을 떠올리며 미소를 지었다.

그는 경비원들마저 휴가를 주어 썰렁한 한영그룹 연구실 건물로 들어갔다.

경기도에서도 외곽 지역에 위치한 연구실에 다른 사람이 찾아올 일은 없었다.

넓은 주차장에 주차되어 있는 차는 단 석 대뿐이었다.

임동혁과 김도현 교수, 그리고 펜타곤에서 온 손님들의 차량이다.

'드디어⋯ 시작이군.'

최치우는 짙은 미소를 지었다.

단순히 미쓰릴을 거래할 수 있는 기회가 생겨 기뻐하는 게 아니었다.

펜타곤과 나사는 현재 인류의 정점에 위치한 집단이다.

한 곳은 지구에서 가장 강한 무력을 지녔고, 다른 한 곳은 지구에서 가장 앞선 기술을 연구하고 있다.

최치우는 7번째 환생하는 순간, 신의 아바타를 다시 만났다.

아바타는 세상을 구하는 기쁨을 깨달으라는 미션을 줬다.

그 미션 때문이 아니더라도 최치우는 가장 복잡한 차원인 현대의 지구에 대해 더 알고 싶었다.

뭘 알아야 지구를 구하든 파괴하든 지배하든 할 수 있기 때문이다.

그런데 드디어 세계의 진실을 누구보다 많이 알고 있을 펜타

곧, 나사의 사람들과 조우하게 됐다.

올림푸스의 첫 번째 프로젝트 이상의 의미를 갖는 미팅이다.

최치우가 이렇듯 깊은 생각을 하는 걸 아는 사람은 없었다.

그는 마음속의 보이지 않는 검의 날을 벼리고 있었다.

딸칵—

연구실 건물의 문은 잠겨 있지 않았다.

평소에는 까다로운 잠금장치로 보안이 유지된다.

하지만 오늘은 달랐다.

최치우는 미리 언질을 받은 장소를 곱씹었다.

'3층, A 실험실이라고 했지.'

그는 엘리베이터를 타고 연구실 건물 3층에 내렸다.

문이 열리고 걸음을 옮기니 금방 A 실험실이 보였다.

각종 연구 장비와 안전장치를 갖춘, 한영그룹 연구실 건물에서도 최고로 손꼽히는 실험실이다.

최치우의 예민한 감각은 안쪽에서 느껴지는 인기척을 놓치지 않았다.

A 실험실에 들어가기 전이지만, 몇 명이 와 있는지 알 수 있었다.

'네 명? 생각보다 적은데.'

두 명은 김도현 교수와 임동혁이다.

그렇다면 펜타곤에서는 두 명을 한국으로 보냈다는 뜻이다.

당초 예상한 것보다 적은 숫자였다.

하지만 이해가 가는 부분이다.

펜타곤에서도 극비리에 미쓰릴을 확인하러 움직이고 있을 것이다.

많은 사람을 보내면 동선이 노출될 확률이 높아진다.

'펜타곤은 두 명만 보내도 충분하다고 판단했다. 임동혁 본부장의 말대로 최고의 정예들이니 자신감을 보이는 것이군.'

최치우는 짧은 시간에 꽤 많은 정보를 얻어냈다.

그는 한발 앞서 생각을 마치고 A 실험실 앞에 섰다.

그런 작은 차이가 많은 것을 달라지게 만드는 법이다.

똑똑.

최치우는 문을 열기에 앞서 노크를 했다.

먼저 도착한 사람들에게 예의를 갖춘 것이다.

이윽고 그는 닫혀 있던 실험실 문을 열었다.

"치우 군."

"최치우 씨."

김도현 교수와 임동혁이 기다렸다는 듯 최치우를 불렀다.

평소 자주 만나는 편이지만, 두 사람은 오늘 따라 최치우를 더 반겼다.

펜타곤과 주도적으로 협상할 수 있는 올림푸스의 대표로 등장한 것이기 때문이다.

최치우는 가볍게 목례를 하며 낯선 두 사람을 쳐다봤다.

농구선수 마이클 조던을 닮은 흑인과 날카로운 인상의 백인이 나란히 서 있었다.

흑인은 40대를 넘긴 것 같았고, 백인은 그보다 어린 청년이었다.

두 사람도 새롭게 나타난 최치우를 주시했다.

"반갑습니다. 올림푸스의 대표 최치우입니다."

최치우는 능숙한 영어로 인사를 건넸다.

올림푸스의 대표라는 말을 실제로 써본 건 오늘이 처음이다.

그가 영어로 말문을 트자 펜타곤에서 온 두 사람이 화답했다.

"반갑소. 에디 존슨이오."

"잭 앤더슨입니다."

둘은 직함을 밝히지 않았다.

하지만 최치우는 두 사람이 어느 정도 위치의 인물인지 대충 알고 있었다.

임동혁이 펜타곤과 은밀히 접촉하는 과정에서 확인을 마쳤기 때문이다.

'에디 존슨, 40대 중반으로 펜타곤 소속의 대령. 중동에서 혼자 IS 일 개 전투조를 모조리 사살한 살아 있는 전설.'

최치우의 시선은 에디 존슨에게 오래 머물렀다.

그는 미군의 비밀스러운 전설 중 한 사람이다.

대령이면 엄청나게 높은 자리이다.

그렇기에 현장에서 직접 피땀을 흘릴 일은 거의 없다.

하지만 에디 존슨은 중동에서 IS 소탕작전에 앞장서며 압도적인 무력을 자랑했다고 한다.

그가 펜타곤의 결정권자로 은밀히 한국에 온 것이다.

에디 존슨이 움직이면 거추장스러운 호위 부대를 대동시킬 필요가 없다.

은밀한 작전에 최적화된 적임자였다.

'기운이 남다르긴 해.'

최치우는 에디 존슨이 대단한 사람이라는 걸 인정했다.

무공과 마법을 익힌 최치우에 비할 수는 없지만, 잘 갈무리된 기세가 예사롭지 않았다.

에디도 최치우를 유심히 바라봤다.

아마 조금은 당황스러울 것이다.

기운을 간파하려 해도 최치우에게서 무엇도 알아낼 수 없기 때문이다.

거친 전장을 누빈 베테랑도 최치우 앞에선 애송이나 마찬가지이다.

최치우는 여유로운 얼굴로 고개를 돌렸다.

'이 친구가 그 유명한 천재로군.'

헐리우드 영화에 나올 것처럼 잘생긴 백인 청년 잭 앤더슨은 펜타곤이 보유한 비밀 병기이다.

어릴 때부터 두각을 나타낸 인재로 펜타곤에서 각종 최신 기술 개발을 이끄는 주역이라고 했다.

'잭 앤더슨이 미쓰릴의 가치에 대한 판단을 내리고, 에디 존슨이 최종 결정을 내려 상부에 보고한다. 물론 그는 호위의 역할까지 동시에 수행할 수 있고.'

두 사람의 역할이 무엇인지 명확하게 짐작됐다.

지피지기면 백전백승이라 했는데, 최치우는 숨 한 번 들이켤 시간에 상대를 간파했다.

최치우는 이전 차원에서 1초의 선택으로 생사가 갈리는 경험을 수없이 했다.

그의 경륜은 미국 국방부의 전설인 에디 존슨도 쳐다볼 수 없는 높은 하늘 수준이다.

천외천(天外天)이란 말은 최치우를 설명하기 위해 존재한다고 해도 과언이 아니었다.

"먼 길을 왔으니 가장 궁금한 것부터 해결하고 다른 이야기는 나중에 하죠."

최치우는 에디와 잭이 가려운 부분을 긁어줬다.

특히 펜타곤의 천재 연구원 잭 앤더슨은 당장 미쓰릴을 보고 싶은 눈치였다.

툭—

최치우는 가방에서 미쓰릴을 꺼내 실험실 테이블에 올려놓았다.

그러곤 잭을 쳐다보며 대담하게 말했다.

"펜타곤에서 미리 요청한 연구 장비를 모두 갖춰놓았다고 들었습니다. 한 시간을 줄 테니 이 자리에서 뭐든 실험해도 좋습니다."

"정말입니까?"

"피차 바쁜 사람들인데 농담을 하겠습니까."

최치우는 깜짝 놀란 잭에게 미소를 지어 보였다.

잭은 여전히 눈을 크게 뜨고 있었다.

세상에 존재하지 않던 엄청난 가치의 신금속을 한 시간이나 마음껏 맡길 거라곤 상상도 못한 것이다.

물론 모두 함께 있는 실험실을 벗어날 수는 없지만, 그래도 최치우의 배포는 감탄할 만했다.

"잭, 여기가 펜타곤이라 생각하고 편하게 테스트해 보게."

에디 존슨은 최치우가 마음을 바꿀세라 얼른 잭에게 말했다.

그의 말을 들은 잭이 고개를 끄덕이며 실험용 장갑을 착용했다.

임동혁은 펜타곤과 나사에서 원하는 실험 장비를 미리 준비해 놓았다.

물론 그들이 100% 원하는 환경에서 실험을 하는 것과 똑같을 수는 없었다.

하지만 미쓰릴이 어떤 특성을 지녔는지 확인하기엔 충분한 여건이다.

"실험 과정에서 이 금속이 파손될지도 모릅니다."

잭이 진지한 얼굴로 미리 경고했다.

최치우는 피식 웃으며 고개를 끄덕였다.

"그게 가능하다면 얼마든지."

마나를 쓰지 않고선 어떤 방법으로도 미쓰릴을 파괴할 수 없었다.

최치우는 잭 앤더슨이 어떤 실험을 할지 감이 왔다.

날카로운 금속 절삭기로 강도를 테스트하고 레이저 빔으로 에너지 반발력을 확인해 볼 것이다.

결과는 뻔했다.

한 시간이 지나기 전에 잭 앤더슨은 넋이 나간 표정으로 미쓰릴을 얻기 위해 안달이 날 터이다.

최치우는 다소 긴장한 임동혁과 김도현 교수 틈에서 기지개를 쭉 켰다.

"한 시간 남았으니 커피라도 한 잔 마시고 오겠습니다."

그는 심지어 실험 과정을 옆에서 지켜보지도 않을 생각이다.

어차피 그 누구도 최치우의 물건을 훔쳐 갈 순 없었다.

그런 무모한 시도를 했다간 혹독한 대가를 치르게 될 것이다.

최치우는 정말 커피를 마시기 위해 유유히 사라졌다.

물론 그는 아무렇게나 행동하는 게 아니었다.

압도적인 우위와 여유를 보여줘 펜타곤을 압박하려는 것이다.

세계 최강의 무력 집단이라고 해도 미쓰릴 거래에 있어서는 최치우가 갑이다.

그는 은연중 누가 우위에서 거래를 진행할지 각인시키고 있었다.

이미 에디와 잭은 최치우의 페이스에 말려들었다.

김도현 교수와 임동혁도 최치우의 새로운 모습에 살짝 당황했다.

그들이 아는 최치우의 모습도 빙산의 일각이었던 것이다.

미국에서 온 손님을 맞이한 최치우는 또 다른 면모를 보이며 스스로를 키워 나갔다.

그는 S대 대학생이 아닌 올림푸스의 대표답게 자기 자신을 세팅하고 있었다.

                    *   *   *

한 시간 뒤, 최치우는 서두르지 않고 다시 3층 A 실험실로 돌아왔다.

실험실 문을 연 그는 정확히 예상대로의 광경을 보게 됐다.

다양한 방법으로 미쓰릴을 테스트한 잭 앤더슨은 반쯤 넋이 나간 얼굴이었다.

처음 만났을 때의 날카로운 표정은 찾아볼 수 없었다.

반신반의하며 한국까지 날아온 잭은 미쓰릴이라는 신금속의 특성에 완전히 매료됐다.

이제껏 본 적 없는 천재 연구원의 흥분 상태에 에디도 덩달아 들떴다.

한국까지 날아온 게 헛수고가 아니었음을 확인했기 때문이다.

"이 금속은 대체……."

잭이 돌아온 최치우를 향해 입을 열었다.

그러나 최치우는 그의 말을 끊으며 먼저 할 말을 했다.

"미쓰릴을 원합니까?"

"다, 당연합니다. 상부에 보고해야 하지만 원하는 금액은 얼마든지 맞출 수 있을 겁니다."

펜타곤이 지불할 수 있는 금액은 상상을 초월할 것이다.

잭은 어떻게든 미쓰릴을 구입하기로 마음먹었다.

하지만 최치우는 보통 사람이 아니었다.

그는 돈을 받으면 물건을 넘기는 상인과는 다른 부류였다.

"펜타곤에 미쓰릴을 넘길지 나도 아직 결정을 못 내렸습니다. 거래는 서로가 만족해야 이뤄지는 것이죠. 내 마음을 움직이려면 돈으로는 부족합니다."

"무엇을 원하는 것이오?"

평정심을 잃은 잭을 대신해 에디가 입을 열었다.

더 많은 권한을 지닌 사람이 나선 것이다.

최치우는 짙은 미소를 지으며 대답했다.

"합당한 금액, 그리고 기술 제휴."

전쟁터에서 산전수전 다 겪은 에디의 동공이 흔들리고 있었다.

최치우는 미국 국방부를 상대로 위험한 게임을 시작했다.

그는 미쓰릴을 매개로 원하는 것을 반드시 얻어낼 작정이었다.

*　　　*　　　*

기술 제휴는 아주 민감한 단어이다.

특히 펜타곤처럼 보안을 생명으로 여기는 단체라면 말할 것도 없었다.

무려 미국 국방부다.

세계 최강 대국의 심기를 거슬리게 만들면 무슨 화를 당할지 모른다.

미군의 블랙리스트에 오르면 전 세계 어디에서도 두 발 뻗고 자기 힘들다.

실제로 아프리카나 제3국을 전전하며 도망 다니는 국제적 범죄자들이 꽤 있다.

최치우는 스스로 내뱉은 말의 무게감을 모르지 않았다.

말이 좋아 기술 제휴이지 자칫 미국으로부터 스파이 취급을 받아도 이상할 게 없었다.

그렇기에 김도현 교수나 임동혁과도 미리 상의를 하지 않았다.

두 사람과 의논하면 현실적인 이유로 만류할 게 뻔했기 때문이다.

최치우는 순전히 자신의 의지로 기술 제휴를 조건에 넣었다.

단순히 돈만 받고 팔기엔 미쓰릴이 너무 아까웠다.

펜타곤에서 온 에디 존슨과 잭 앤더슨은 시간이 필요하다며 일단 물러섰다.

직접 실험을 한 잭은 미쓰릴에서 눈이 떨어지지 않는 듯 아쉬워했지만, 아무리 천재 연구원이라 해도 마음대로 결정할 순 없었다.

에디가 펜타곤 상부에 보고를 올리고 결재를 맡기까지 시간이 어느 정도 걸릴 것이다.

그사이 최치우가 이끄는 올림푸스는 나사와 별도의 미팅을 잡았다.

나사도 펜타곤 못지않게 미쓰릴의 진가를 확인하고 싶어 안달이 나 있었다.

이번에도 한영그룹의 연구실 건물에서 비밀스러운 만남이 성사됐다.

나사에서는 두 명의 경호원과 세 명의 연구원을 보냈다.

세 명의 연구원은 각각 우주과학과 신소재 공학, 물리학의 내로라하는 천재들이었다.

완전히 다른 전공이지만 인류가 이룩한 과학의 최전선에서 활동하고 있었다.

그들은 A 실험실에서 잭이 그런 것처럼 미쓰릴의 특성을 알아봤다.

준비된 장비를 통해 갖가지 방식으로 미쓰릴을 탐구하려 들었다.

펜타곤의 잭 앤더슨이 미쓰릴의 강도와 에너지 반발력 테스트에 집중했다면, 나사에서 온 연구원들은 조금 더 다양한 실험을 시도했다.

정확히 알 수는 없어도 미쓰릴이 우주에서 온 금속은 아닌

지, 또한 대기권 밖에서 어떻게 활용할 수 있을지 테스트하는 것 같았다.

최치우는 펜타곤 때와 마찬가지로 통 크게 한 시간을 내줬다.

하지만 한번 실험에 몰입하면 며칠 밤을 새우는 연구원들에겐 짧은 시간이었다.

한 시간이 지나고 최치우는 거래 조건을 묻는 나사의 연구원들에게 원하는 바를 말했다.

"합당한 금액, 그리고 기술 제휴."

반응은 비슷했다.

펜타곤의 베테랑 에디는 놀람을 숨기지 못하고 동공이 흔들렸다.

평생 공부만 해온 나사의 연구원들 역시 표정을 감추지 못했다.

"기술 제휴? 어떤 걸 뜻하는지 도저히 모르겠습니다."

"간단합니다. 나사에서는 합당한 금액을 지불하고 미쓰릴을 가지면 됩니다. 대신 내가 원하는 분야의 연구에 참여할 수 있는 권한을 줘야겠죠."

최치우가 생각하는 기술 제휴 조건은 나사에서 받아들이기 힘든 것이다.

어떤 분야의 기술을 제휴할지 선택하는 권한도 최치우에게 있기 때문이다.

"이제까지 나사에서 그런 조건으로 기술 제휴를 맺은 적은

한 번도 없습니다. 게다가 정부도 아닌 민간단체와는……."

나사의 선임 연구원이 말끝을 흐렸다.

한국어가 아닌 영어로 대화를 나누고 있지만, 그가 얼마나 당황했는지 뉘앙스가 충분히 전해졌다.

과학자 입장에서 미쓰릴은 절대 포기할 수 없는 보물이다.

그렇지만 소유주인 최치우가 원하는 조건은 맞춰주기 어려울 것 같았다.

당연히 갈등이 생길 수밖에 없었다.

최치우는 아무렇지 않게 웃으며 대답했다.

"뭐든 첫 번째 케이스가 있게 마련이죠. 나는 미쓰릴을 확인시켰고, 원하는 조건을 말했습니다. 이제 나사의 대답을 기다릴 차례입니다. 물론 다른 경쟁자들이 내 조건을 받아들이기 전에 대답해야 할 겁니다."

그는 나사가 아닌 다른 기관에도 미쓰릴을 보여줬다는 걸 숨기지 않았다.

경쟁심을 발동시켜야 거래가 쉬워진다.

어차피 답은 하나밖에 없었다.

한국에 온 연구원들이 나사 상부를 죽어라 설득해서 최치우의 조건을 통과시키는 것이다.

다른 방법으로 그들이 미쓰릴을 얻을 수 있는 확률은 0%다.

이로써 최치우는 펜타곤과 나사 사이에 보이지 않는 경쟁을 붙였다.

만약 두 단체에서 모두 만족스러운 조건을 가져오면 미쓰릴을 절반으로 나눠도 된다.

그는 독점에 대한 언급은 단 한 마디도 하지 않았다.

한국에서 미쓰릴의 실체를 확인하기 전까지 펜타곤과 나사는 자신들이 갑의 위치에 있다고 생각했다.

그러나 최치우는 펜타곤과 나사의 정예요원들을 만난 자리에서 전세를 역전시켰다.

순식간에 갑을 관계가 뒤바뀐 것이다.

최치우는 무리하다면 무리한 조건을 내걸었지만, 여유롭게 대답을 기다리는 입장이 됐다.

반면 세계 최강의 무력 집단 펜타곤, 그리고 세계 최고의 연구기관 나사는 최치우와 미쓰릴을 놓고 고민에 빠지게 생겼다.

아직 공식적으로 출범하지도 않은 올림푸스라는 회사, 그리고 스물한 살의 휴학생 대표 최치우가 세계를 움직인 셈이다.

어떤 결론이 날지 모르지만 최치우는 조급해하지 않았다.

그는 올림푸스가 열어나갈 미래를 확신하고 있었다.

*　　　　*　　　　*

임동혁과 김도현 교수는 걱정이 이만저만이 아니었다.

기술 제휴를 요구한 건 다 된 밥에 코를 푼 일이라고 생각했기 때문이다.

그러나 최치우는 충동적으로 기술 제휴라는 말을 꺼낸 게 아니었다.

그는 미쓰릴을 통해 만만치 않은 액수의 돈을 벌 계획이다.

하지만 거기서 끝나면 단순한 장사치가 되고 만다.

올림푸스는 돈을 많이 버는 회사가 아니라 세상을 바꾸는 회사가 되어야 했다.

그렇기에 최치우는 세상을 바꿀 수 있는 곳에 미쓰릴을 넘기려 했다.

하지만 펜타곤과 나사가 미쓰릴을 연구해 아무런 성과도 내지 못한다면, 또는 전혀 엉뚱한 실험에 사용한다면 막을 방법이 없다.

그러나 기술 제휴를 하게 되면 많은 것이 달라진다.

우선 미쓰릴을 이용해 어떤 연구를 하는지 알게 되고, 최악의 경우 무공과 마법을 펼쳐 미쓰릴을 되찾을 수도 있다.

또한 특정 분야의 최첨단 기술을 배울 기회를 얻게 된다.

말이 좋아 기술 제휴이지, 사실상 펜타곤과 나사의 기술을 알려달라는 뜻이다.

최치우는 펜타곤의 살상 로봇 기술, 나사의 무인 우주 탐사 기술을 살펴보고 싶었다.

이유는 명확했다.

현대의 지구에서 삶을 시작하기 전, 그는 다른 차원에서 기계화 군단의 로봇 엔지니어로 살았다.

전생의 기술력을 접목시켜 실력을 발휘할 수 있는 분야가 바로 살상 로봇 개발과 무인 탐사선 개발이다.

최치우가 살상 로봇이나 무인 탐사선 개발에 중요한 단서를 제공하지 말라는 법도 없다.

그는 어떤 식으로든 세계 최전선에서 세상을 변화시키는 일에 관여하고 싶었다.

아바타로부터 받은 미션 때문만은 아니다.

가장 복잡한 차원인 현대의 지구에서 모든 분야에 걸쳐 정점에 오르는 것.

불가능한 목표지만 최치우라면 해낼지 모른다.

그렇게 다양한 층위에서 세상을 발전시켜야 비로소 세계를 구하는 기쁨을 깨달았다고 말할 수 있지 않을까.

그는 염려하는 임동혁과 김도현 교수를 안심시키며 중심을 잡았다.

"곧 올림푸스의 설립을 알리며 중대 발표를 하게 될 겁니다."

자신만만한 최치우의 말에 두 사람은 고개를 끄덕일 수밖에 없었다.

불안함이 완벽히 가시지는 않았지만, 이제까지 최치우는 입 밖으로 내뱉은 모든 말을 지켜왔다.

과연 이번에도 그의 말대로 펜타곤이나 나사가 불리한 조건을 받아들이고 백기를 들지 지켜볼 일이었다.

*　　　　　*　　　　　*

최치우는 김도현 교수와 임동혁을 가볍게 생각하지 않았다.

두 사람은 이미 최치우에게 없어서는 안 될 소중한 동료가 됐다.

특히 김도현 교수는 어려운 문제를 앞두고 고민 상담을 할 수 있는 멘토이기도 했다.

임동혁 역시 만날 때마다 날 선 말을 주고받지만, 서로가 200% 인정하고 있다는 걸 알고 있었다.

그럼에도 불구하고 둘 사이엔 절대 넘을 수 없는 선이 존재했다.

바로 최치우가 7번의 환생을 거쳤다는 사실이다.

둘은 스물한 살의 최치우를 하늘이 낳은 천재이자 괴물로 여기고 있었다.

그가 무려 8번째 차원에서 새로운 인생을 시작했다고는 상상조차 할 수 없었다.

그렇기에 최치우의 눈높이를 따라오지 못하는 게 당연했다.

최치우는 보통 사람들의 사고방식대로 행동하지 않았다.

단순히 더 똑똑하고 능력이 있다는 말이 아니다.

아예 상식을 초월해 궤를 달리 하는 생각과 행동을 아무렇지도 않게 할 때가 있다는 뜻이다.

최치우의 몸은 현대의 지구를 살아가고 있지만, 그의 영혼에는 완전히 다른 차원의 경험과 사고방식이 스며들어 있기 때문이다.

펜타곤과 나사를 상대로 기술 제휴를 요구한 것도 같은 맥락이다.

제아무리 대단한 천재라도 감히 펜타곤과 나사를 상대로 배짱을 부리진 못한다.

그게 지구인의 상식이다.

하지만 최치우는 지구인이면서 동시에 지구인이 아닌 특별한 존재였다.

앞으로 최치우의 독특한 면모는 더더욱 빛을 발하며 주머니 속 송곳처럼 튀어나올 것이다.

그로 인한 오해도 많겠지만, 최치우는 모두 헤쳐 나갈 자신이 있었다.

어차피 상식대로 움직이면 세상의 틀 안에서 벗어날 수 없다.

한계를 극복하고 룰을 파괴하며 세상의 중심에 우뚝 서기 위해선 상식을 뛰어넘어야 한다.

째깍, 째깍, 째깍.

최치우는 시곗바늘 소리밖에 들리지 않는 거실 소파에 혼자 앉아 있었다.

어머니는 일찍 가게에 일을 하러 나가셨다.

그는 켜지도 않은 TV 화면을 응시하며 생각을 발전시키는 중이다.

'이번 주 안에는 반드시 연락이 온다. 보고를 받은 상부에서 그냥 넘어갈 리 없어.'

최치우는 무려 펜타곤과 나사의 상부가 어떤 결정을 내릴지 추측하고 있었다.

한국에 온 연구원들은 미쓰릴의 필요성을 역설했을 것이다.

그들은 어떻게든 상부를 설득해서 미쓰릴을 구하고 싶어 했다.

그만한 반응을 접하면 상부의 결정권자들도 고민이 생길 수밖에 없다.

대체 미쓰릴이 어떤 물건인지, 또 기술 제휴라는 말도 안 되는 조건을 제시한 올림푸스가 어떤 회사인지 궁금해지는 게 인지상정이다.

최치우에 대해 찾아보면 나오는 정보는 제한적이다.

S대 공대 출신의 휴학생이며 독도 해저 자원 개발 프로젝트에 참여해 훈장을 받았다.

CIA라고 해도 더 이상 다른 정보를 캐낼 순 없다.

결국 펜타곤과 나사의 수뇌부는 최치우를 직접 만나보고 판단을 내리려 할 것이다.

우우웅— 우우웅— 우우우우웅—

그때였다.

부엌 식탁에 올려둔 스마트폰이 진동을 토해냈다.

최치우는 소파에서 일어나 부엌으로 걸어갔다.

폰 액정에는 전혀 모르는 번호가 떠 있었다.

070으로 시작하는 스팸 번호는 아니었다.

최치우는 통화 버튼을 누르기 전 짙은 미소를 지었다.

아무래도 미국에서 초대장이 날아온 것 같았다.

5장
절대
반지

나사는 망설이고, 펜타곤은 적극적이다.

당초 예상과는 반대였다.

우주 탐사 기술 개발에 집중하는 나사가 미쓰릴을 얻기 위해 수단과 방법을 안 가릴 줄 알았다.

그런데 먼저 연락이 온 쪽은 펜타곤이었다.

한국에서 최치우를 만나고 돌아간 잭 앤더슨과 에디 존슨은 상부를 설득하는 데 성공했다.

물론 구체적인 조건은 계약서에 도장을 찍을 때까지 알 수 없다.

하지만 최치우는 원하는 바를 확실히 밝혔고, 펜타곤에서도 어느 정도 수용할 의사가 있기에 다시 연락한 것이다.

미국 국방부는 비공식적으로 올림푸스, 정확히 말하면 최치우를 초청했다.

당연히 원형의 미쓰릴을 들고 미국에 갈 수는 없다.

물론 최치우는 미군 특수부대가 떼로 덤벼도 미쓰릴을 뺏기지 않을 자신이 있다.

그렇지만 굳이 불필요한 모험을 감수할 정도로 어리석지 않았다.

직접 미쓰릴을 테스트한 잭은 손톱 크기의 원석만 들고 미국으로 와달라고 부탁했다.

미쓰릴의 특성을 눈으로 확인하면 펜타곤 수뇌부도 화끈하게 결정을 내릴 거라는 이야기를 덧붙였다.

최치우는 흔쾌히 미국행을 약속했다.

어떻게 보면 사자 굴로 들어가는 셈이나 다름없었다.

미국 정부는, 특히 네오콘의 본산인 펜타곤은 정의로운 곳이 아니다.

필요하다면 무슨 짓이든 할 수 있고, 사실을 은폐할 힘도 가지고 있었다.

과연 그들이 최치우를 동등한 거래 파트너로 생각할까, 아니면 막강한 힘을 이용해 압박하고 억누를 상대로 여길까.

보장된 것은 없지만 최치우는 펜타곤이 함부로 대해선 안되는 사람임을 스스로 증명할 마음을 먹었다.

올림푸스의 첫 번째 프로젝트는 시작부터 끝까지 철저히 최치우의 손에 달린 것이다.

"음, 이거 생각보다 예쁜데?"

최치우는 마나를 주입해 손톱만큼의 미쓰릴을 떼어내 반지 모양을 만들었다.

가운데를 뚫고 남은 미쓰릴은 다시 원형에 붙였다.

그는 무엇으로도 부술 수 없는 미쓰릴을 마치 점토처럼 자유롭게 갖고 놀았다.

마나를 다루는 사람, 즉 마법사에게만 부여된 특권이다.

스윽―

최치우는 왼손 네 번째 손가락에 미쓰릴 반지를 꼈다.

마나를 주입하지 않은 상태의 미쓰릴은 은은한 광채를 발하는 투명한 금속이다.

유심히 살펴보면 흔하지 않은 금속이라는 티가 난다.

하지만 얼핏 보면 조금 특이한 재질의 반지일 따름이다.

미쓰릴 반지는 잃어버릴 염려도 없고, 위급한 상황에서 곧바로 사용할 수 있다.

최치우는 자신이 만든 결과물이 썩 마음에 들었다.

"공항에서도 귀찮은 일은 없겠어."

이제 미국으로 떠날 준비는 끝났다.

김도현 교수와 임동혁은 최치우 혼자 펜타곤으로 가는 것을 불안해했다.

그러나 올림푸스의 최종 결정권자는 최치우이다.

그가 작심한 이상 누구도 결정을 뒤집을 순 없었다.

어머니와 여자 친구인 유은서는 최치우가 브라질에 다녀온지 얼마 되지 않아 또 미국으로 가는 걸 안쓰러워했다.

하지만 어머니는 어머니대로, 유은서는 유은서대로 최치우가 하는 일을 발목 잡는 스타일은 아니었다.

미국에서 일만 잘 풀리면 올림푸스의 첫 번째 프로젝트를 세상에 공개할 수 있다.

이제껏 존재하지 않던 신금속을 발견하고 펜타곤과 기술 제휴를 맺었다고 발표하면 상장도 하지 않은 올림푸스의 기업 가치는 천정부지로 치솟을 것이다.

최치우는 인류의 미래를 변화시킬 올림푸스의 앞날을 기대하며 미국행을 준비했다.

사실 준비랄 것도 없었다.

미쓰릴 반지와 맨몸이면 충분하다.

인천공항으로 향하는 그의 얼굴엔 불안감 대신 자신감이 태양처럼 떠올라 있었다.

*   *   *

미국에 도착한 최치우는 국빈 대우를 받았다.

그가 펜타곤과 접선하기 위해 미국에 간 건 한국 정부에서도 모르는 극비 사항이다.

한국 정부가 최치우의 동행을 일일이 감시하고 추적할 리는 없다.

그는 대통령으로부터 훈장을 받은 젊은 인재지만, 정부에서 특별 관리하는 대상은 아니었다.

그렇기에 최치우의 진가를 더 잘 아는 쪽은 오히려 미국 정부였다.

그들은 단지 퍼스트 클래스 항공권만 제공한 게 아니었다.

최치우가 비행기에서 내리자마자 안내원이 기다리고 있었다.

보통은 입국 심사가 끝난 다음에야 가이드를 만날 수 있다.

하지만 펜타곤의 대우는 남달랐다.

정장을 쫙 빼입고 최치우를 기다린 안내원은 미국 국방부 소속 요원이었다.

그가 미리 조치를 취한 덕분에 최치우는 입국 심사도 곧바로 통과했다.

외교관들이 입국 심사를 받는 통로를 이용할 수 있었다.

미국의 입국 심사가 얼마나 깐깐한지 생각하면 그야말로 국빈 대우를 받은 셈이다.

퍼스트 클래스를 탑승했으니 최치우의 캐리어는 당연히 가장 먼저 따로 나와 있었다.

게다가 공항 입구에는 육중한 크기의 최고급 SUV 캐딜락 에스컬레이드가 대기하고 있었다.

최치우는 요원의 안내를 받아 가장 편한 자리에 탑승하며 눈을 날카롭게 빛냈다.

흑인 드라이버가 그의 짐을 싣는 사이 운전석을 엿볼 수 있었다.

보통 차에는 달려 있지 않은 버튼이 제법 많이 보였다.

'방탄은 기본으로 돼 있을 테고, 비상 상황을 대비해 특수 장치를 달아둔 것 같군.'

그는 자신이 예사 차량에 올라탄 게 아님을 직감했다.

이동 중 전투가 벌어져도 대처할 수 있는 특수 차량에 탑승한 것이다.

마냥 좋아할 일은 아니었다.

최치우는 국빈 대우에 버금가는 펜타곤의 영접이 얼마나 무서운 뜻을 내포하고 있는지 잘 알고 있었다.

'일이 잘 풀리면 국빈 대우, 그러나 잘못되면 언제든 소리 소문 없이 나라는 존재를 지우려 할지도 모른다. 자기들 홈그라운드에 들어왔다 이거지.'

그는 공항에서부터 이어진 최고의 대우에 흥분하거나 기뻐하지 않았다.

사회 경험이 없는 스물한 살이라면 아무리 천재라고 해도 펜타곤의 정성에 감동했을 것이다.

하지만 최치우는 산전수전 공중전은 물론 로봇대전까지 겪으며 별꼴을 다 본 사람이다.

특히 천하제일검 이세민으로 살던 무렵에는 이런 격언이 있었다.

노인과 아이, 여자를 가장 조심하라.

겉보기엔 약해 보이는 대상이 실은 가장 무섭다는 강호의 구전이다.

뒤통수를 맞지 않기 위해선 항상 여러 각도에서 상황을 분석해야 한다.

누군가 나에게 극진한 대우를 해주는 건 그만큼 바라는 게 많다는 뜻이다.

특히 지금처럼 최치우의 행방이 펜타곤에 의해 은폐된 상황은 가장 위험한 경우이다.

최치우는 편안하고 넓은 좌석에서 긴장을 풀지 않았다.

언제든 내공을 일으키고 마나를 모을 수 있도록 만반의 준비를 갖췄다.

잠깐의 방심으로 생명을 잃게 될 수도 있었다.

절대 오버하는 게 아니었다.

설령 오버라고 해도 조심해서 나쁠 건 하나도 없었다.

"얼마나 가야 합니까?"

최치우는 목적지를 묻지 않았다.

다행인지 불행인지 딱히 비밀스러운 장소로 데려가는 것 같진 않았기 때문이다.

만약 목적지를 감추고 싶었다면 차 안에서 밖이 안 보여야 한다.

그러나 캐딜락 에스컬레이드는 방탄과 특수 장치가 돼 있을 뿐 창밖으로 도로가 훤히 보였다.

"금방 도착합니다."

공항에서부터 최치우를 안내한 요원은 정확한 소요 시간을 말하지 않았다.

하지만 금방이라는 단어에서 많은 것을 유추할 수 있었다.

워싱턴국제공항과 펜타곤은 그리 멀리 떨어져 있지 않았다.

최치우를 태운 차량은 외부인의 방문과 견학이 금지된 펜타곤으로 향하는 게 분명했다.

'일단 좋은 징조이다.'

최치우는 펜타곤이 아닌 제3의 장소에서 관계자들을 만날 가능성도 있다고 생각했다.

그러나 기우였다.

그를 공식적인 기관으로 데려간다는 건 협상이 원활히 진행될 확률이 높다는 뜻이다.

'아직 안심하기엔 이르지만.'

최치우는 주어지는 소소한 정보들을 취합하며 쉬지 않고 두뇌를 회전시켰다.

펜타곤은 지하 2층, 지상 5층으로 세계에서 수용 인원이 가장 많은 거대한 건물이다.

그렇기에 접근 금지 구역이 많았고, 어디에서 무슨 일이 벌어지는지 바깥에선 절대 알 수 없었다.

단순히 미국에 방문한 게 아니라 세계에서 가장 위험한 곳에 초청받은 것이다.

"짐은 숙소로 보내놓겠습니다."

최치우가 이런저런 생각을 정리하는 중 딱딱한 돌덩이 같은 요원이 입을 열었다.

캐딜락은 호텔 대신 곧장 펜타곤으로 향했다.

마침 차창 너머로 압도적 위용을 자랑하는 육중한 건물이 보였다.

펜타곤은 이름 그대로 오각형 모양의 건물이지만, 도로에서는 오각형 형태를 유추하기 어려웠다.

한눈에 다 들어오지 않을 만큼 건물의 규모가 크기 때문이다.

'드디어… 왔다.'

최치우는 눈을 크게 뜨고 펜타곤의 측면을 주시했다.

2만 3천 명의 군인과 민간인 직원, 그리고 3천 명의 지원 인력이 상주하는 철옹성.

세계 최강 대국 미국을 지탱하는 무력의 심장부.

공개된 것보다 드러나지 않은 게 훨씬 더 많은 펜타곤이 입을 벌리고 있었다.

최치우는 S급 몬스터가 지키는 던전에 들어가는 심정이었다.

헌터로 살던 차원의 두근거림이 오랜만에 느껴졌다.

그는 느낌만이 아니라 결과도 과거 차원과 똑같기를 바랐다.

모두의 예상을 깨고 S급 몬스터를 갈기갈기 찢던 것처럼 펜타곤이라는 난공불락의 성에서 원하는 바를 100% 이뤄가야 한다.

최치우는 왼손에 낀 미쓰릴 반지를 바라보며 각오를 다졌다.

협상을 하러 왔지만 전의(戰意)가 불타오르고 있었다.

                    *   *   *

펜타곤으로 들어서는 절차 역시 간소했다.

최치우는 기본적인 엑스레이 검사만 받고 펜타곤 내부로 들어섰다.

펜타곤은 IS의 테러가 기승을 부린 이후 외부인의 방문과 견학을 엄격히 금지하고 있었다.

그렇기에 내부의 보안은 더더욱 강해졌다.

최치우는 오각형 철옹성 안에서 수많은 무장 병력을 감지했다.

일부러 찾지 않아도 그의 예민한 감각이 레이더처럼 사방을 탐지하고 있었다.

'복마전이 따로 없군.'

미국 내 국방부의 본거지임에도 무장 병력이 곳곳에 포진한 것 같았다.

눈에 띄지 않아도 최치우의 감각을 속일 순 없었다.

'최악의 경우를 가정하면 제법 골치 아프겠어.'

최치우는 만의 하나 협상이 틀어지고 펜타곤이 강제력을 동원하려 들면 혼자서 탈출할 계획이다.

물론 무공과 마법을 펼치면 탈출이 아니라 펜타곤을 쑥대밭으로 만들 자신도 있었다.

적당히 능력을 감추다간 큰코다칠지 모른다.

펜타곤 내부의 경비 태세는 상상 이상으로 삼엄했다.

'그런데 대체 어디로 가는 거지?'

공항에서부터 최치우를 안내한 요원은 점점 인적이 드문 복도로 걸어갔다.

어느 순간부터 복도를 오가는 군인과 직원들이 사라지는 것 같았다.

삐빅!

지이이잉—

요원은 앞을 가로막는 유리벽이 나올 때마다 지문과 홍채를 인식시켰다.

벌써 몇 번의 유리벽을 통과하고 긴 복도를 지나쳐 지하로 내려왔다.

최치우는 펜타곤 내부 구조를 모르지만 보안이 철저한 금지구역에 입장한 게 분명했다.

지하로 들어선 다음 드물게 복도에서 마주친 군인들의 모자에는 딱 봐도 높은 계급을 상징하는 문양이 붙어 있었다.

처억.

곧이어 요원이 걸음을 멈췄다.

그는 자신의 복장을 체크하고 돌아서 최치우를 쳐다봤다.

"장관님께서 기다리고 계십니다."

미국의 육해공 3군을 통솔하는 최고 지휘관.

대통령이 상징적 의미의 군통수권자라면 국방부장관은 실권을 장악한 지휘관이다.

놀랍게도 최치우는 펜타곤에 도착하자마자 미국 국방부장

관을 만나게 됐다.

올림푸스의 첫 번째 프로젝트는 미쓰릴을 찾아낸 최치우가 생각한 것보다 더 큰 눈덩이가 되어 굴러가고 있었다.

*   *   *

미국 국방부장관은 단순히 한 사람의 장군이나 고위 관료가 아니다.

그의 행방 자체가 미국의 국가 안보 기밀 사항이다.

최치우는 사방이 하얀색으로 칠해진 넓은 방에서 세계 최강의 군사력을 움직이는 장본인 루이스 고어를 처음 만났다.

머리가 반백인 루이스 고어는 미군의 전설이다.

육해공 3군은 물론 FBI와 CIA에서도 절대적 지지를 보내는 인물로 알려져 있다.

그의 푸른 눈동자가 최치우를 똑바로 쳐다봤다.

최치우는 자신을 뚫어져라 주시하는 루이스 고어의 시선을 피하지 않았다.

백전노장도 최치우의 심연을 읽을 순 없다.

"올림푸스의 대표 치우 최?"

루이스 고어는 비교적 정확한 발음으로 최치우의 이름을 불렀다.

보통 미국인들이 치우 초이라 부르는 것과 달랐다.

최치우는 그를 향해 살짝 고개를 숙였다.

"반갑습니다, 장관님."

"엄청난 물건을 가져왔다고. 잭 앤더슨이 그렇게 흥분하는 건 처음 봤네."

루이스 장관은 잭을 언급했다.

하얀 방 안에는 한국에서 만난 잭과 에디도 자리하고 있었다.

잭 앤더슨은 생각보다 더 중요한 연구원이었다.

국방부장관이 직접 거론할 정도이니 말 다 한 셈이다.

최치우는 다시 만난 잭의 얼굴을 슬쩍 확인하고 미소 지었다.

"저도 놀랐습니다. 장관님을 만나게 될 줄은."

"놀란 것치고는 너무 여유로운 태도군. 하긴, 그 어린 나이에 한국 정부로부터 훈장을 받고 대기업의 투자를 받아 자기 회사를 만들고 또 신금속을 발견했으니 보통은 아니어야지."

루이스 고어 장관은 최치우에 대해 속속들이 알고 있었다.

곧이어 그의 입에서 놀라운 말이 나왔다.

"상파울루에 다녀왔더군. 그 직후 우리와 나사에게 신금속에 대해 알렸고. 미쓰릴이라는 금속, 브라질에서 찾아낸 건가?"

정곡을 찌르는 질문이다.

당연한 일이지만 펜타곤은 최치우의 출입국 기록까지 샅샅이 뒤져봤다.

그러나 최치우는 당황하지 않았다.

"그럴 수도, 아닐 수도 있습니다."

애매모호한 말이다.

미쓰릴의 출처를 알려주게 되면 브라질 정부가 소유권을 주장할 수 있었다.

어차피 확실한 물증은 없다.

루이스 고어는 알겠다는 듯 한쪽 눈을 살짝 찡그리며 고개를 끄덕였다.

"우리도 이 협상에 한가한 라틴 놈들을 끌어들일 생각은 없네. 아무튼 테스트 결과는 잭에게 질리도록 들었고, 내 눈으로 한 번만 신금속의 성능을 보고 싶은데, 가능하겠나?"

"물론입니다. 레이저 빔 준비되어 있습니까?"

"당연하지."

루이스 장관은 뒤에 도열한 부하들에게 눈짓했다.

펜타곤 지하의 하얀 방은 폭탄이 터져도 멀쩡할 내구성을 갖추고 있다.

최치우는 특이한 구조의 방 안에 들어오자마자 테스트를 할 거란 사실을 예상했다.

지이이이이— 철커덕!

하얀색 벽에서 뭔가가 툭 튀어나왔다.

눈으로 구분하기 힘들도록 모두 하얗게 칠해진 벽에는 온갖 특수 장비가 설치돼 있었다.

저벅저벅.

최치우는 루이스 장관과 펜타곤 장성들의 반대편으로 걸어갔다.

그러자 벽에서 튀어나온 기계가 자동으로 최치우를 따라 움직였다.

스윽—

최치우가 기계를 향해 왼손을 들었다.

그의 약지에는 투명한 미쓰릴 반지가 기어 있었다.

"여기 네 번째 손가락에 있는 반지로 레이저 빔을 쏘면 됩니다."

최치우는 당당하게 테스트를 요구했다.

하지만 신무기에 대한 지식이 있는 사람이라면 그가 한 말을 미친 소리라고 생각할 것이다.

레이저 빔은 초정밀 타격이 가능한 고도의 최신 무기이다.

0.1㎜보다 작은 목표물을 타격해 완전히 녹이거나 뚫어버린다.

강철로 만든 반지라고 해도 레이저 빔을 막을 순 없다.

반지는 물론이고 착용자의 손가락까지 순식간에 뚝 끊어질 것이다.

그러나 최치우는 망설임 없이 왼손을 내밀고 있었다.

펜타곤도 국방부장관이 서 있는데 여유를 부릴 틈이 없었다.

곧바로 기계 끝 부분에 붉은빛이 모이더니 레이저 빔이 쏘아져 나왔다.

소리도 없었다.

레이저 빔의 궤적을 눈으로 좇는 건 불가능했다.

이래서 레이저 빔이 무서운 것이다.

하지만 더 무서운 일이 연달아 터졌다.

우웅―

슈우우우우!

레이저 빔이 미쓰릴 반지를 초정밀 타격한 순간, 고막을 때리는 공명음이 울렸다.

곧이어 미쓰릴 반지에서 두 배는 굵어진 빔이 뿜어졌다.

쾅―!

콰지지직!

미쓰릴의 특성대로 레이저 빔은 원래보다 더욱 강력하게 튕겨졌다.

반발력이 더해진 빔을 정통으로 맞은 기계가 그대로 부서져 바닥에 떨어졌다.

레이저 빔은 아직 상용화되지 않은 기술이고, 따라서 기계값만 100억이 넘는다.

방금 최치우는, 아니, 그가 착용한 미쓰릴 반지는 미군의 재산 100억을 순식간에 날려 버린 것이다.

"……."

장내는 조용하기 그지없었다.

루이스 장관을 비롯해 하얀 방에 모인 장성들은 잭과 에디의 극비 보고서를 이미 읽었다.

그렇지만 눈으로 직접 보면 누구든 충격을 받는 게 당연하다.

최치우는 왼손을 내리고 루이스 고어를 쳐다봤다.

미군의 지휘자가 어떤 표정을 짓고 있을지 궁금했다.

'무표정, 포커페이스. 역시 짬밥을 그냥 먹은 건 아니란 말이군.'

루이스는 놀란 기색을 완벽히 숨기고 있었다.

그러나 눈썹이 미세하게 떨리는 것까지 막을 순 없었다.

최치우는 세계 최강 대군의 지휘자를 놀라게 했다는 사실에 만족했다.

"더 이상의 증명은 불필요할 것 같습니다."

최치우는 루이스 고어를 쳐다보며 미소를 지었다.

이제 미국 국방부장관과 펜타곤이 선택할 차례였다.

미쓰릴을 구하기 위해 협상에 임할 것인지, 아니면 강제력을 동원해 최치우를 억류하려 들 것인지.

물론 후자를 선택하게 되면 최치우는 그들에게 재앙이 무엇인지 보여줄 것이다.

고오오오오—!

단전에 모여 있는 내공이 활화산처럼 뜨겁게 타오르기 시작했다.

최치우는 마음만 먹으면 언제든 절정에 이른 금강나한권을 펼칠 수 있었다.

동시에 6서클 마법이 이적을 일으켜 펜타곤의 최신식 보안 장비를 무용지물로 만들 것이다.

피할 수 없는 결정의 순간, 루이스 고어의 목소리가 울렸다.

"미스터 최를 VIP 테이블로 모시게. 내가 직접 협상해야겠네."

반전이라면 반전이다.

최악의 경우 체포하라고 할 수도 있다고 생각했는데, 미국 국방부장관과 일대일 단독 협상을 하게 됐다.

최치우는 루이스 고어를 쳐다보며 더욱 짙은 미소를 지었다.

역시 백전노장의 감을 무시해선 안 된다.

어쩌면 루이스 장관은 최치우를 섣불리 건드리면 안 된다고 본능적으로 느낀 게 아닐까.

이유가 무엇이든 최치우는 펜타곤의 정점에서 협상을 이끌게 됐다.

올림푸스의 첫 번째 프로젝트가 확실한 성과를 낼 순간이 다가오고 있었다.

*   *   *

A4 용지 한 장 분량의 짧은 보도 자료가 주요 언론사 기자들에게 배포됐다.

올림푸스라는 낯선 이름의 회사에서 발송한 보도 자료였다.

기자들은 하루에도 수십 곳의 기업과 출입처에서 보도 자료를 받는다.

그렇기에 E—메일을 읽지 않고 지나치는 경우도 허다했다.

하지만 올림푸스에서 보낸 한 장의 보도 자료는 순식간에 대한민국을 뒤흔들었다.

비슷한 시기에 CNN과 BBC 등 세계적인 외신에서도 같은 내용을 뉴스로 다뤘다.

한국 언론이 뒤집어지고 국제 뉴스로도 다뤄질 만큼 보도 자료 첫 줄의 임팩트가 강렬했다.

미국 국방부, 한국 자원 개발 회사 올림푸스와 기술 제휴.

단 한 문장이면 충분했다.

펜타곤은 이따금 민간 기업과 기술 제휴를 맺어왔다.

하지만 이를 공식적으로 알리는 경우는 드물었고, 파트너도 거의 대부분 미국 회사였다.

그런데 미국도, 유럽도 아닌 대한민국의 신생 기업과 기술 제휴를 맺었다고 공식 발표한 것이다.

처음에는 보도 자료를 받은 국내 기자들도 반신반의했다.

올림푸스라는 듣도 보도 못한 회사에서 무슨 수로 기술 제휴를 따냈는지 믿기 힘들었기 때문이다.

그러나 미국 국방부 홍보실은 보도 자료 내용이 사실이라고 확인해 줬다.

게다가 발 빠른 외신에서 먼저 국제 뉴스로 보도했다.

한국 언론은 한발 늦게 관련 기사를 쏟아내며 올림푸스라는 회사를 추적했다.

최근에 법인을 개설한 비상장 회사로 세세한 정보를 캐내긴 힘들었다.

하지만 공개된 정보만으로 2차, 3차 뉴스를 풀어내긴 충분했다.

대표이사 최치우, 등기이사 임동혁.

한영그룹의 후계자 임동혁이 참여해서 만든 회사라는 것만으로도 무궁무진한 이야기를 만들 수 있었다.

거기에 취재력을 총동원한 기자들은 대표이사 최치우가 독도 해저 자원 개발에 참여해 훈장을 받은 S대 학부생이라는 걸 확인했다.

이거야말로 영화에나 나올 법한 스토리였다.

독도 개발에 참여한 젊은 대학생이 대기업의 투자를 받아 회사를 세우고 단번에 펜타곤과 기술 제휴를 성사시켰다.

영웅에 목말라 있던 한국 사회를 촉촉이 적시는 단비, 아니, 홍수 같은 소식이었다.

보도 자료가 배포된 날 오후, 올림푸스와 최치우의 이름은 인터넷 실시간 검색어 상위권에 올랐다.

한영그룹과 임동혁도 덩달아 회자됐다.

기자들은 올림푸스가 대체 어떻게 펜타곤과 제휴를 맺었는지, 정확히 어떤 프로젝트를 하는지 알아내기 위해 용을 썼다.

그러나 디테일한 정보는 아직 오픈되지 않았다.

다만 매체력을 갖춘 소수의 언론사 담당 기자들에게 올림푸스의 초청장이 별도로 도착했을 뿐이다.

오는 금요일 오전 10시, 한영그룹 본사 대강당.

올림푸스의 대표이사 최치우가 직접 펜타곤과의 기술 제휴에 대해 설명하는 기자회견을 연다.

이틀 뒤에 기자회견이 열리면 최치우와 올림푸스는 대한민국과 세계를 또 한 번 경악시킬 것이다.

독도 개발에서 자신을 감추고 때를 기다리던 최치우는 누구보다 화려한 날개를 펼치며 비상하게 됐다.

이제 세상은 그의 일거수일투족을 주목할 수밖에 없을 것이다.

                    *   *   *

최치우는 허례허식을 좋아하지 않았다.

격식을 차려야 할 때도 있지만, 겉으로 드러나는 모습에만 치중하는 건 구식이다.

애플의 전설적 CEO 스티브 잡스는 단출한 프레젠테이션으로 전 세계를 매료시켰다.

운동화와 청바지, 폴라티만 입고 단상에서 이야기한 게 전부였다.

그러나 세상은 애플 행사장의 규모나 치장에 감탄하지 않았다.

스티브 잡스가 들고 나온 혁신 그 자체에 열광했을 뿐이다.

올림푸스의 첫 번째 기자회견도 마찬가지였다.

최치우는 임동혁의 반대를 무릅쓰고 유명 아나운서를 섭외하지 않았다.

굳이 비싼 돈을 들여 아나운서에게 사회를 맡길 이유가 없었다.

회사의 자본금은 온갖 허세를 부려도 될 만큼 넉넉했다.

하지만 이유 없이 돈을 쓰는 건 최치우의 스타일과 맞지 않았다.

최치우는 미래에너지 탐사대에 함께한 이시환과 백승수를 올림푸스로 스카우트할 계획이다.

그러나 아직 어떤 직원도 뽑기 전이다.

따라서 한영그룹의 홍보실 직원이 사회를 맡았다.

그래봤자 초청장을 받은 기자들을 안내하고 행사를 순서대로 진행하는 게 전부였다.

"이제 올림푸스의 최치우 대표님께서 나오십니다."

명색이 올림푸스라는 회사가 처음으로 공식석상에 소개되는 자리이다.

그럼에도 불구하고 유명인의 축사 등 일체의 허례허식을 생략했다.

홍보실 직원의 호명을 받은 최치우는 편안한 차림으로 단상 위로 올라갔다.

모르는 사람이 보면 조별 과제 발표를 하러 나온 대학생 같을 것이다.

원래 최치우는 조별 과제 발표 자리에 서 있어야 할 학부생이다.

차이가 있다면 학교 밖으로 나온 그는 세상을 놀라게 만든 빅딜을 성사시킨 주인공이라는 사실이다.

"안녕하세요. 올림푸스의 대표 최치우입니다."

이미 조사를 마쳤지만 막상 스물한 살의 청년이 등장하자 기자들이 술렁거렸다.

그가 독도 자원 개발에 참여하여 국민훈장 무궁화장을 받은 대단한 인재라는 건 다들 알고 있었다.

그래도 역사상 유례가 없는 미국 국방부와의 기술 제휴를 체결한 당사자라니 눈으로 보고도 믿기가 힘들었다.

최치우는 넋 나간 얼굴의 기자들을 바라보며 미소 지었다.

특유의 짙은 미소와 함께 최치우의 첫 번째 공식 프레젠테이션이 시작됐다.

훗날 역사는 이 순간을 위대한 신화의 서막으로 기록하게 될 것이다.

"올림푸스는 회사가 아닙니다. 기업이 아닙니다. 우리는 지금껏 존재하지 않은 것들, 비밀 아래 숨겨져 있는 것들을 찾아 나서는 모험가들의 모임이 되고자 합니다. 올림푸스의 모험은 인류의 미래를 빛나게 만들 겁니다."

웅성거림이 잦아들고 한영그룹 본사 대강당이 조용해졌다.

최치우는 주요 매체의 베테랑 기자들을 완벽히 장악하며 말을 계속했다.

"올림푸스는 첫 번째 프로젝트로 새로운 금속을 발견했습니다. 그리고 미국 국방부와 기술 제휴를 체결해 대량 살상 무기로부터 민간인들을 지키는 기술 개발에 앞장서게 됐습니다. 이렇게 우리는 새로운 것을 찾아내고 그로 인해 인류의 미래를 밝히는 일을 해내겠습니다. 이 세계를, 인류를, 우리의 지구를 구하는 것, 그것이 바로 올림푸스의 목표입니다."

6장
한국의 아이언맨

　"세계를 열광시킨 헐리우드 영화 마블에는 아이언맨 토니 스타크가 있다. 하지만 우리는 더 이상 미국을 부러워할 필요가 없다. 토니 스타크는 영화 속에 있지만 한국에는 현실 속 아이언맨 최치우가 있기 때문이다."

　임동혁은 신문을 펼치고 사설을 읽어 내렸다.

　우리나라에서 가장 지명도가 높은 신문인 조국일보 사설에 최치우가 등장했다.

　단순히 언급된 게 아니라 조국일보 논설위원이 대놓고 최치우 찬가를 불렀다.

　항상 무게를 잡으며 대한민국 최고의 정론지를 자처하는 조국일보에선 무척 드문 일이었다.

그만큼 최치우 신드롬이 전국을 강타했다는 뜻이다.

스물한 살의 청년 최치우는 일약 대한민국을 대표하는 스타가 됐다.

물론 이러한 인기가 언제까지 지속될지는 모른다.

하지만 요 며칠 동안 최치우의 인기는 유명 영화배우나 한류스타를 능가했다.

"민망하군요."

최치우는 일부러 조국일보 사설을 소리 내어 읽은 임동혁을 노려봤다.

적의가 담긴 눈빛은 아니었다.

늘 그렇듯 티격태격하는 것이다.

임동혁은 크게 웃으며 자리에서 일어섰다.

"하하하! 덕분에 상장하지도 않은 올림푸스의 지분을 사고 싶다고 전화가 얼마나 왔는지 모릅니다. 오성그룹의 이지용 부회장도 투자하고 싶다며 따로 연락을 해왔습니다. 내 평생 이지용 부회장에게 이런 전화를 받을 날이 올 줄이야……. 모두 최치우 씨, 아니, 우리 최 대표님 덕분입니다."

그는 진심으로 기뻐하고 있었다.

한영그룹도 재계 서열 10위 안에 드는 대기업이지만, 오성그룹은 차원이 달랐다.

외국인들은 코리아라고 하면 곧바로 오성그룹을 떠올린다.

재계 2위와 3위의 시가총액을 합쳐도 1위인 오성그룹을 따라잡을 수 없었다.

그런 오성그룹의 후계자인 이지용 부회장이 임동혁에게 전화를 걸어 아쉬운 소리를 한 것이다.

평생 천방지축 개망나니 소리를 듣던 임동혁은 최치우를 만난 이후 고공 행진을 거듭하고 있었다.

그는 명실상부한 국내 대기업 후계자, 즉 재벌 2세와 3세들 사이에서 가장 핫한 인물이 됐다.

임동혁은 파이트 클럽을 통해 최치우를 알게 되었다.

돌아보면 임동혁은 가만히 앉아서 기연을 만난 셈이다.

아드레날린 중독으로 파이트 클럽의 VIP가 되고, 황당한 최치우의 제안에 덜컥 30억 원을 투자한 게 그의 인생을 완전히 달라지게 만들었다.

기자회견 이후 임동혁은 사석과 공석에서 한영그룹 본부장이란 직함보다 올림푸스 이사라는 직함을 즐겨 썼다.

언제나 그를 못 잡아먹어 안달이던 한영그룹 회장 역시 이제는 외동아들을 인정했다고 한다.

아버지의 인정을 받은 것 역시 임동혁에겐 꿈같은 일이었다.

"참, 우리 영감이 조만간 식사 한번 하자고 합니다."

"한영그룹 회장님이 말이죠?"

"그 영감 말고 또 다른 영감이 누가 있겠습니까."

"알겠습니다. 안 그래도 한번 뵙고 싶었습니다."

최치우로선 마다할 이유가 없었다.

한영그룹에서는 최치우가 원하는 만큼의 자금을 올림푸스에 투자하기로 했다.

그 대가로 지분의 30%를 임동혁이 가졌고, 최치우와 한영그룹은 같은 배를 탄 사이가 됐다.

한영그룹의 미래가 임동혁이라면 현재의 주인은 그의 아버지였다.

당연히 안면을 트고 좋은 관계를 맺을 필요가 있었다.

게다가 대기업 오너 레벨의 인물들과 네트워크를 맺어서 나쁠 게 없다.

그들과 사석에서 만날 수 있는 기회는 아무에게나 주어지지 않는다.

하지만 최치우는 대기업 회장이 먼저 만나고 싶어 하는 사람이 되었다.

"그나저나 밀려드는 인터뷰 요청은 어떻게 할 겁니까?"

임동혁이 화제를 돌렸다.

현재 공식적인 올림푸스의 직원은 최치우와 임동혁밖에 없었다.

대표와 이사만 존재하는 회사인 것이다.

물론 한영그룹의 홍보실과 실무진이 업무를 지원해 주고 있었다.

그러나 언제까지 이런 체제를 유지할 수는 없었다.

신금속 발견과 펜타곤과의 기술 제휴를 밝히며 화려하게 비상을 시작했으니 그에 어울리는 시스템을 갖춰야 한다.

"일단 인터뷰를 추가로 하진 않을 겁니다. 기자회견을 통해 밝힌 것 이상의 정보를 제공하기도 어렵고 무작정 관심을 좇는 게 바람직하지도 않다고 봐서요."

최치우는 유명세에 흔들리지 않았다.

보통 그 나이대의 사람은 갑자기 인기를 얻으면 들뜨기 쉽다.

잘나가는 연예인들의 인성이 망가지는 것도 인기를 주체하지 못하기 때문이다.

하지만 최치우는 달랐다.

그는 우쭐하지 않고 자기만의 페이스를 유지했다.

"지금 인터뷰를 하면 신금속이 어떤 건지 물어볼 겁니다. 어차피 대답을 해줄 수도 없고 적당히 신비감을 유지하는 것도 괜찮을 것 같군요."

최치우는 펜타곤과 기술 제휴를 맺으며 미쓰릴의 특성에 대해 비밀을 유지하기로 했다.

지금 단계에서 미쓰릴의 특성이 알려지면 여러모로 골치 아픈 일이 발생할 수 있었다.

펜타곤은 나사에도 협조 공문을 보내 비밀 유지를 약속받았다.

망설이다 미쓰릴을 놓친 나사는 배가 아플 수밖에 없었다.

최치우로선 잘된 일이었다.

펜타곤은 미쓰릴의 에너지 반발력을 연구해 새로운 차원의 대량 살상 무기 방어 시스템을 개발할 계획을 세웠다.

그 과정에서 올림푸스도 참여해 주요 기술과 개발 방향을 공유할 예정이다.

많은 시간이 걸리겠지만 개발에 성공하면 테러에 취약한 민간인들의 생존율이 기하급수적으로 올라가게 될 것이다.

특히 화약고나 다름없는 중동과 아프리카에서 수많은 사람들의 희생을 막을 수 있다.

최치우는 그의 포부대로 인류의 미래를 위한 첫걸음을 내디뎠다.

뿐만 아니라 국제적 명성과 함께 막대한 수익도 확보했다.

올림푸스는 브라질에서 찾은 미쓰릴 원형의 절반을 펜타곤에 제공했다.

나머지 절반도 다른 연구 기관에 넘기지 않기로 계약을 체결했다.

그 대가로 올림푸스는 딱 1억 달러를 지급받기로 했다.

현재 환율을 적용하면 약 1,200억 원이라는 거금이다.

대기업의 해외 거래 금액으로 따져도 결코 적지 않은 액수이다.

게다가 미국 국방부와의 기술 제휴라는, 돈으로 따질 수 없는 조건까지 추가시켰다.

따지고 보면 아이언맨이라는 찬사가 부족할 정도로 입지전적 성과를 거둔 셈이다.

"당분간 언론사의 취재 요청은 한영그룹 홍보실에서 적당히 넘겨주세요. 나는 우선 해야 할 일부터 풀어나가겠습니다."

"여부가 있겠습니까. 우리 최 대표님 말씀대로 하겠습니다."

임동혁은 싱글벙글 웃으며 고개를 끄덕였다.

그는 원래 어디로 튈지 모르는, 동시에 날카롭고 차가운 인물로 널리 알려져 있었다.

그러나 최치우 앞에서는 늘 구박을 받으면서도 웃는 얼굴을 보이는 일이 잦았다.

올림푸스의 첫 번째 프로젝트가 대대적으로 성공을 거두며 두 사람의 케미 역시 물이 오르고 있었다.

*   *   *

최치우는 우선순위를 확실하게 세워뒀다.

펜타곤에서 지급받은 1,200억 원의 거금, 국내외 주요 언론의 취재 요청, 사람들의 뜨거운 관심과 폭발적인 인기도 그의 계획을 방해하지 못했다.

그는 묵묵히 밭을 가는 황소처럼 뚝심 있게 자신의 행보를 이어나갔다.

스물한 살의 육체 안에 여러 차원의 경험이 쌓여 있지 않았다면 불가능한 일이다.

최치우는 가장 먼저 사람을 얻으려 했다.

사람을 얻는 게 만사의 기본이다.

이전까지 환생을 거듭하면서 그는 늘 혼자 세상과 맞서 싸웠다.

그러나 이번 차원에서는 달라지고 싶었다.

혼자가 아닌 팀으로 싸울 때 믿기 힘든 시너지 효과가 날 수 있다는 사실을 깨달았기 때문이다.

아무리 강해져도, 혈혈단신으로 제국을 멸망시킬 정도가 되어도 그 끝은 좋지 않았다.

오죽하면 멸망의 인도자라는 칭호가 붙었지만, 혼자 파국(破局)을 맞이할 때마다 영혼이 상처 입는 느낌이었다.

이번 생은 아바타로부터 특별한 미션을 부여받았고, 해보지 않은 실험과 도전을 마음껏 펼치는 무대이다.

"다 왔습니다."

"고맙습니다."

택시에서 내린 그는 외딴 골목에 위치해 사람이 드문 카페로 들어섰다.

카페 구석 자리에는 익숙한 얼굴 두 사람이 그를 기다리고 있었다.

"어, 왔어?"

이시환이 손을 흔들었다.

평소 같았다면 큰 목소리로 최치우를 반겼을 것이다.

하지만 기자회견 이후 최치우의 유명세가 지나치게 높아져 이시환은 조심했다.

거리감을 느껴서일 리는 없다.

다만 주위의 이목을 끌게 되면 최치우가 불편해할까 봐 배려하는 것이다.

이시환의 옆에는 백승수가 함께 있었다.

최치우는 꽤 오랜만에 만난 두 사람에게 인사를 건넸다.

"시환이 형, 승수 형님, 모두 잘 지내고 있었죠?"

휴학을 했기에 매일같이 캠퍼스에서 보던 시절과는 달랐다.

더구나 최치우의 위상이 그때와는 비교할 수 없었다.

"잠깐만, 커피 좀 시키고 올게요."

최치우는 아이스 아메리카노 한 잔을 들고 돌아왔다.

테이블에 마주 앉은 그는 어색한 기류를 느꼈다.

이시환과 백승수 두 사람은 마치 전공 교수님을 밖에서 만난 것처럼 불편해 보였다.

"뭐야? 형들 왜 그래요? 오랜만에 봤는데 반가운 티도 안 내고."

"그, 그게……."

가장 선배인 백승수가 머뭇거렸다.

그는 최치우 덕분에 국민훈장을 받게 된 후 마음의 빚을 안고 살았다.

그런데 최치우가 하루아침에 너무 유명한 거물이 되자 어떻게 대해야 할지 갈피를 못 잡지 못했다.

괜히 친한 척을 하면 공연히 잘나가는 사람에게 빌붙는 것처럼 보일까 봐 걱정스러운 것이다.

세상 이치가 원래 이렇다.

누군가 성공하면 가깝지 않은 사람들은 대놓고 친한 척을 한다.

정작 가까운 사람들은 부담을 줄까 봐 오히려 어려워하는 경우가 많다. 이시환과 백승수도 마찬가지였다.

최치우는 둘이 왜 쭈뼛거리는지 금방 파악했다.

그는 미소를 지으며 입을 열었다.

"시환이 형, 승수 형님, 난 올림푸스라는 회사의 대표가 됐고 예전보다 유명해졌지만… 그래도 여전히 미래에너지 탐사대의 막내인 건 변함없어요. 한 번 F.E는 영원히 F.E.다. 맞죠?"

최치우가 먼저 격의 없이 자신을 열어 보였다.

그가 콧대 높게 변하지 않았음을, 또한 미래에너지 탐사대의 인연을 소중히 여기고 있음을 확인한 이시환과 백승수는 그제야 자연스러운 표정을 지었다.

"야, 좀 어색했지? 미안해. 너 부담 줄까 봐 그랬어."

이시환이 먼저 팔을 뻗어 최치우의 어깨를 두드렸다.

백승수는 한 손으로 안경을 만지작거리며 나직하게 말했다.

"치우 네 덕분에 훈장 받게 된 은혜도 아직 못 갚았는데… 엄청 바쁜 와중에 우리까지 만나러 온다니 자꾸 신세만 지는 거 같아서……."

"우리끼리 얼굴 보는 게 무슨 신세예요?"

최치우는 두 사람의 심정을 이해했다.

그렇기에 더욱 고마웠다.

주위 사람이 유명해지면 친한 척을 하고 싶은 게 인간의 본성이다.

그러나 자신에게 부담을 주지 않으려 애써 조심하는 이들이야말로 진국이다.

최치우는 오늘 이 자리에 나온 선택이 틀리지 않았음을 확신했다.

"사실 꼭 해야 할 말이 있어서 보자고 했어요."

"응?"

사뭇 진지한 그의 태도에 이시환과 백승수가 눈을 크게 떴다.

최치우는 빙빙 돌리지 않고 곧장 본론을 꺼냈다.

"형들만 괜찮다면 우리 올림푸스에서 함께 일했으면 좋겠습니다."

전혀 예상하지 못한 제의였다.

이시환은 만화 캐릭터처럼 입을 떡 벌렸고, 백승수는 떨리는지 말을 더듬었다.

"어, 어……."

물론 두 사람은 국내 최고인 S대에서 공부했고 얼마든지 좋은 직장을 구할 수 있었다.

게다가 국민훈장 무궁화장 덕분에 가산점도 빵빵하게 받을 것이다.

하지만 올림푸스 합류는 차원이 다른 제안이었다.

이미 우주로 날아오르기 시작한 로켓에 탈 수 있는 기회이기 때문이다.

대기업이나 정부 산하 연구소, 또는 대학에서 일하는 것도 나쁘지 않다.

많은 사람들이 선망하는 자리이다.

그러나 평생 비슷한 일을 반복하며 큰 틀에서 벗어나지 않는 삶을 살아야 한다.

최치우는 그들에게 완전히 다른 삶을 살 수 있는 동아줄을 내려준 셈이다.

더구나 독도에 이어 펜타곤과의 기술 제휴로 최치우의 동아줄은 무엇보다 튼튼하다는 게 증명됐다.

"할게! 무조건 할게! 너 마음 변하기 없기다!"

이시환이 본래의 유쾌한 모습으로 돌아와 목소리를 높였다.

백승수도 이에 질세라 얼른 대답했다.

"나, 나도. 어떤 직책이든 상관없이 같이 일하면 좋겠어."

이로써 최치우는 좌청룡 우백호를 얻었다.

아직은 세상이 이시환과 백승수의 진가를 알지 못한다.

하지만 두 사람은 올림푸스 안에서 최치우와 함께 엄청나게 성장하며 든든한 기둥이 될 것이다.

우선순위 첫 번째 리스트를 가뿐하게 해결한 최치우는 환하게 웃으며 밀린 이야기를 나눴다.

아이언맨 토니 스타크에게 페퍼 포츠와 자비스가 있다면, 최치우에게는 백승수와 이시환이 생겼다.

그는 직접 나서서 해결해야 할 다음 일을 떠올렸다.

최치우에게 훈장을 수여한 장본인, 바로 대한민국 대통령을 설득하는 일이 남았다.

*　　　　*　　　　*

최치우는 펜타곤과 협상하면서 한국 정부와는 소통하지 않았다.

자칫 말이 흘러나가면 협상 자체가 무위로 돌아갈 수 있기 때문이다.

그렇지만 한국 정부에서는 충분히 섭섭해할 수도 있었다.

펜타곤은 단순한 기관이 아니다.

한국의 동맹국이자 세계 최강 대국인 미국의 국방부다.

물론 한국의 민간 기업이 미국 국방부와 기술 제휴를 맺은 건 쌍수를 들어 환영할 일이다.

하지만 그 과정에서 한국 정부가 소외되어 무능론이 불거질 여지가 다분했다.

벌써 몇몇 비판적 언론에서는 정부와 올림푸스를 비교하며 외교 무능론을 언급하고 있었다.

실제로도 심각하다면 심각한 문제였다.

미국과의 외교는 한국 정부의 최우선 과제 중 하나이다.

그런데 한국 정부 모르게 비밀리에 협상이 타결됐기에 외교 안보 분야의 몇몇 인사들은 사표를 써야 할지도 모른다.

'아군을 늘리고 적군을 줄인다. 앞으로는 현명한 싸움을 하겠어.'

최치우는 쓸데없이 적을 만드는 게 무의미한 일이라는 걸 깨달았다.

이전 차원에서는 거의 모두를 적군으로 만들기 일쑤였다.

세상과 맞서 싸우는 걸 두려워하지 않았다.

지금도 얼마든지 세상과 맞붙을 자신이 있다.

그러나 진짜 중요한 목표를 이루기 위해선 더 현명하게, 더욱 냉정하게 싸워야 한다.

한순간 뜨겁게 불타오르고 사라지는 것은 지겹다.

이제 최치우는 영원히 역사에 이름을 남기는, 악명이 아닌 선망과 존경의 대상이 되는 삶을 살아보려 마음먹었다.

똑똑똑.

그때 노크 소리가 울렸다.

그는 꽤 넓은 방 안에 혼자 앉아 있었다.

이곳은 다름 아닌 청와대의 비공식 안가(安家)이다.

대통령과 정부 요인의 은밀하고 중요한 만남을 위해 청와대 경호실은 여러 채의 안가를 운영할 수밖에 없었다.

최치우는 아무나 발을 들일 수 없는 안가에 초대받는 손님이다.

비공식적 대우지만 일국의 장관과 비슷한 위치로 인정받은 것이다.

덜컥!

문이 열리고 회색 정장을 입은 대통령이 들어왔다.

사뭇 비현실적인 광경이다.

국민훈장을 수여받을 때와는 느낌이 완전히 달랐다.

그때는 사람들이 바글바글한 공식 석상이었지만 지금은 아니다. 최치우는 지금 대통령과 같은 방 안에서 얼굴을 마주하고 있었다.

뒤이어 청와대 외교안보특보가 들어섰다.

백발이 성성한 외교안보특보는 외교부장관보다 더욱 막강한 권한을 행사하는 인물로 알려져 있다.

"허허, 이런 자리에서 다시 보게 될 줄은 몰랐습니다."

대통령은 직접 방문을 닫았다.

경호원은 안으로 들어오지 않았다.

안가의 안팎에서 철통같은 보안을 유지하고 있지만, 회동이 이뤄지는 방으로는 발을 들이지 않는다.

이곳은 그야말로 철저하게 비밀이 보장된 역사 이면의 장소이다.

최치우는 자리에서 일어나 두 사람에게 목례했다.

"오랜만에 뵙습니다, 대통령님. 그리고 처음 뵙겠습니다, 특보님."

외교안보특보는 곧 80을 앞둔 노인이지만 눈빛이 형형했다.

그는 시퍼런 안광을 뿜어내며 최치우를 똑바로 쳐다봤다.

"올림푸스의 최 대표, 미국 국방부와 단독으로 협상을 체결한 간 큰 인물이 바로 자네로구만."

언론사 오너 출신의 홍석진 외교안보특보는 못마땅한 기색을 숨기지 않았다.

그는 단순히 외교안보만 관할하는 특보가 아니었다.

온화한 인품으로 명성이 자자한 유영조 대통령의 비수(匕首) 노릇을 자처하는 정권의 실세이다.

최치우는 홍석진 특보의 시선을 피하지 않았다.

그렇다고 덩달아 흥분할 필요도 없었다.

애송이들이나 쉽게 화를 내는 법.

최치우는 여유로운 미소를 지으며 고개를 끄덕였다.

"올림푸스와 펜타곤의 기술 제휴 덕분에 일본과 중국이 잔뜩 긴장했다고 들었습니다. 특보님께 좋은 선물을 드릴 수 있어 영광입니다."

미국 국방부가 한국 민간 기업과 제휴를 맺었으니 당연히 주변국이 긴장할 수밖에 없다.

중국은 중국대로, 일본은 일본대로 한국의 또 다른 저력을 확인한 셈이다.

최치우는 자신이 상의 없이 협상했지만, 결과적으로 한국 정부에 커다란 선물을 줬음을 떳떳하게 드러냈다.

"그것은… 크흠."

경계심을 잔뜩 품고 온 홍석진은 일순 말문이 막혔다.

그의 입장에선 손자뻘인 최치우가 이토록 당당하면서 능수능란한 태도를 보일 줄 몰랐기 때문이다.

그것도 청와대 안가에서 대통령과 외교안보특보를 코앞에 두고서 말이다.

"허허, 허허허, 우리 특보님을 당황하게 만들다니 역시 인물입니다."

유영조 대통령은 둘의 짧은 설전을 지켜보다 너털웃음을 터뜨렸다.

청와대에서 두려움의 대상인 홍석진이 스물한 살 청년에게 한 방 먹은 게 재밌는 모양이다.

"대통령님까지… 크흐음."

홍석진은 얼굴을 살짝 붉혔다.

그러나 마냥 싫지만은 않은 얼굴이다.

자신의 생각보다 최치우가 더 걸출한 인물이란 걸 확인한 탓이다.

한바탕 짧고 굵은 탐색전이 끝나고 유영조 대통령이 본격적으로 대화를 이끌었다.

"최 대표님, 사실 훈장을 수여할 때만 해도 자세히 알지 못했습니다. 이번에 해수부 사람들에게 물어보니 독도 해저 자원개발에서도 김도현 교수님과 함께 중추적인 역할을 했다면서요?"

"최선을 다해 좋은 결과를 얻을 수 있었습니다."

최치우는 억지로 겸손한 척하지 않았다.

독도 개발에서 그가 세운 공은 실무진 모두 인정하는 바이다.

괜히 겸손하게 사양하는 건 최치우 스타일이 아니었다.

"그런데 또 독자적으로 회사를 세워 펜타곤과 제휴를 맺고……. 우리나라를 대표할 수 있는 인재가 등장한 것 같아 아주 흡족합니다."

유영조 대통령은 의례적인 덕담을 이어갔다.

대통령의 24시간은 1분 1초 단위로 돌아간다.

안가에서의 비밀스러운 회동도 길어야 20분 안에 끝내야 한다.

최치우는 곧 대통령이 진짜 속내를 밝힐 거라 예상했다.

계속 좋은 말만 주고받기엔 시간이 모자라기 때문이다.

"최 대표님, 오늘 김도현 교수님의 소개로 이 자리를 청한 건 부탁을 하고 싶어서입니다."

순간 장내의 공기가 변했다.

유영조 대통령은 한참 어린 최치우에게 내내 존댓말을 쓰고 있었다.

그의 인자한 말투는 여전했다.

그럼에도 불구하고 단호한 강단이 말끝에서 묻어나왔다.

일국의 대통령은 온화하기만 해서 오를 수 있는 자리가 아니다.

최치우는 서로 다른 차원에서 황제나 왕을 여럿 만났다.

심지어 제국을 몰락시키며 하이 엘프 황제를 죽이기도 했다.

좋은 왕이건 나쁜 황제건 그들은 카리스마라는 공통점을 지니고 있었다.

유영조 대통령 역시 은은하지만 묵직한 카리스마의 소유자였다.

"다음에는 타국과 협상을 맺을 때 우리 정부에… 아니, 나와 여기 있는 홍 특보님에게는 귀띔해 주면 좋겠습니다. 세계적으로 뻗어 나가는 올림푸스의 행보에 정부가 걸림돌이 되는 일은 없을 거라고 약속합니다."

말 그대로 부탁이었다.

유영조 대통령은 자신을 낮추고 정중하게 부탁해 왔다.

힘이나 권위를 앞세웠다면 최치우는 콧방귀도 뀌지 않았을 것이다.

그는 얼마든지 한국 정부와 맞서 싸울 의지와 능력을 갖고 있다.

그러나 이왕이면 좋은 관계를 유지하려 했는데, 대통령이 먼저 한 수 접으니 자못 인상적이다.

최치우는 유영조 대통령으로부터 유능제강(柔能制剛)의 묘를 배운 기분이다.

'부드러움으로 강함을 이긴다는 게 이런 거로군. 역시 세상은 넓고 배움은 끝이 없다.'

7번째 환생을 거쳤지만 최치우는 계속해서 업그레이드되는 중이다.

"약속하겠습니다. 대신 저도 부탁을 드리고 싶습니다."

"허허, 당연히 나만 부탁할 수는 없겠지요. 들어봅시다."

"올림푸스는 세계를 무대로 이전에 존재하지 않던 것들을 찾아다닐 겁니다. 그 과정에서 트러블이 발생할 수도 있습니다. 그때 한국 정부가 올림푸스의 든든한 후원자가 되어주기를 바랍니다."

올림푸스는 국제적 명성을 얻었고, 최치우의 행보는 주시의 대상이 될 것이다.

미쓰릴을 얻을 때처럼 편하고 자유롭게 활동하긴 어렵다.

어쩌면 그는 세계 곳곳에서 사고를 일으킬지 모른다.

그때를 대비해 대통령의 약속을 받아두려는 것이다.

서로 약속을 주고받아야 신뢰가 더욱 강해진다.

조건 없는 도움보다는 정확한 거래가 관계를 더욱 튼튼하게 만든다.

최치우는 비즈니스뿐 아니라 인생의 원칙을 꿰뚫고 있었다.

유영조 대통령은 이채를 띤 눈빛으로 최치우를 쳐다봤다.

익히 알고 있었지만 대화를 나눌수록 최치우가 도저히 스물한 살로 느껴지지 않기 때문이다.

"최 대표님, 오늘 우리는 서로 한 가지 약속을 한 겁니다. 계약보다 무거운 약속을."

최치우는 미소를 지었다.

이로써 또 하나의 문제를 해결했다.

한국 정부와의 오해를 방지하고 대통령을 우군으로 만들었다.

미쓰릴로 날개를 펼친 올림푸스는 더 높이 날아갈 일만 남았다.

최치우와 올림푸스의 날개는 언젠가 현대라는 차원, 지구라는 행성을 뒤덮을 것 같았다.

*　　　*　　　*

"많이 기다렸지? 진짜 빨리 온다고 왔는데 회의가 길어지는 바람에."

최치우가 미안한 표정으로 말끝을 흐렸다.

약속 장소인 레스토랑에는 유은서가 먼저 도착해 혼자 앉아 있었다.

유은서는 30분 가까이 늦은 최치우에게 화를 내지 않았다.

"괜찮아. 네가 얼마나 바쁜지 잘 알고 있는데 나라도 이해해 줘야지."

그녀는 최치우가 현대의 지구라는 차원에서 처음으로 몸과 마음을 나눈 여자이다.

유은서에게도 최치우는 진정한 의미의 첫 번째 남자 친구였다.

둘은 그만큼 서로를 아끼고 특별하게 생각했다.

그러나 최치우가 브라질에서 미쓰릴을 찾아온 이후 바빠도 너무 바빠졌다.

펜타곤과 나사를 연달아 만난 그는 쉴 틈 없이 미국에 다녀왔다.

귀국해서는 기자회견을 통해 펜타곤과의 제휴를 밝혔고, 중요한 일들을 처리하며 올림푸스의 기틀을 다지는 데 집중했다.

올림푸스는 시작부터 1,200억 원가량의 수익을 올리며 전 세계의 주목을 받게 된 기업이다.

주먹구구로 운영할 수는 없었다.

이시환과 백승수를 얻었고, 쓸데없이 조직을 비대화시킬 생각은 없지만 최소한의 실무진은 갖출 필요가 있었다.

그렇기에 유은서와 데이트를 하는 건 자꾸 뒤로 미뤄질 수밖에 없었다.

최치우는 요즘 어머니가 걱정할 정도로 바쁜 나날을 보내는 중이다.

그는 얼른 음식을 시키고 유은서를 마주 봤다.

아무렇지 않은 척 미소를 짓고 있지만, 서운함을 느끼는 게 당연했다.

그러나 최치우가 무슨 말을 할 수 있을까.

당분간 올림푸스의 전열을 다듬고 머지않아 두 번째 프로젝트를 추진할 계획이다.

앞으로 지금보다 더 바빠질 수 있기에 시간을 내겠다는 약속을 섣불리 하기 힘들었다.

그런데 유은서가 먼저 의미심장한 말을 꺼냈다.

"치우야, 나 사실 너한테 말 못 한 게 있어."

"어떤 거?"

"다음 학기에 교환학생 신청했는데 원하는 학교에 붙었어. 1년 정도 미국에 가 있을 거 같아. 미리 말 못 해서 미안해."

전혀 예상하지 못한 말이다.

하지만 유은서는 오래 고민하고 결정을 내린 것 같았다.

"사실… 네가 너무 바빠지고 또 대단한 사람이 되면서 고민 많이 했어. 내가 발목을 잡는 것처럼 느껴지기도 했고… 스스로 멋진 사람이 되어서 너한테 부끄럽지 않을 때 다시 웃으며 인사할게."

그녀의 눈가에 눈물이 고여 있다.

유은서는 애써 울지 않고 마음에 담아둔 말을 꺼냈다.

최치우는 새하얀 얼굴을 똑바로 바라보다 천천히 고개를 끄덕였다.

"그럴 생각은 아니었는데, 힘들게 해서 내가 미안하지."

그는 유은서가 마음고생하는 걸 모르지 않았다.

한편으로는 어쩔 수 없는 일이었다.

한계를 돌파하며 세상을 바꾸는 운명을 타고나면 멋지고 존경스러운 남자는 될 수 있어도 결코 좋은 남자나 착한 남자는 될 수 없다.

최치우는 한 걸음 더 성장하기 위해 용기를 낸 유은서를 물끄러미 쳐다봤다.

그도 사람인데 왜 안타까운 마음이 들지 않겠는가.

그러나 슬픔 대신 기쁜 마음으로 7번째 환생에서 처음 만난 연인과의 이별 만찬을 나눠야 될 것 같았다.

"미국 가서도 항상 조심하고. 알지?"

"응. 네 소식은 뉴스로 챙겨 볼게. 미국 올 일 있으면 연락해."

구구절절 많은 말은 필요하지 않았다.

두 사람은 눈빛으로 대화를 나누며 서로를 축복했다.

연애로부터 자유로워진 최치우는 영화 속 아이언맨 토니 스타크를 능가하고도 남는 삶을 살게 될 것 같았다.

올림푸스와 함께 화려하게 국제 무대에 데뷔한 그의 전성기는 이제부터 시작이었다.

7장
천외천(天外天)

　대통령이 올림푸스를 챙기고 있다.

　이런 소문이 청와대를 중심으로 관가와 재계에 슬금슬금 퍼지고 있었다.

　청와대는 대한민국을 움직이는 권력의 축이다.

　하늘 높은 줄 모르는 대기업 오너들도 청와대의 동향에 촉각을 곤두세운다.

　최치우는 비밀리에 유영조 대통령과 홍석진 외교안보특보를 만났다.

　그 자리에서 정부와 올림푸스는 서로 협조하는 관계가 되기로 약속했다.

　이후 청와대로 복귀한 대통령은 별다른 말을 하지 않았다.

대신 그의 비수이자 청와대 실세로 알려진 홍석진 특보가 국무위원 회의에서 가볍게 한마디 툭 던졌을 뿐이다.

"올림푸스라는 기업이 국제적으로 아주 큰 성과를 냈다. 나아가 국방 안보에도 크게 기여할 것으로 보인다. 민간에서 이런 혁신 기업들이 늘어나도록 각 부처가 지원을 아끼지 않았으면 좋겠다."

지나가는 투로 가볍게 흘린 말이다.

하지만 홍석진의 말은 곧 대통령의 뜻으로 통한다.

한창 화제인 올림푸스를 굳이 언급한 이유가 분명히 있을 것이다.

청와대 수석과 각 부 장관 등 국무위원은 잔뼈가 굵은 여우들이다.

그들은 누구보다 빠르게 대통령의 의중을 캐치했다.

대통령은 펜타곤과 기술 제휴를 맺은 올림푸스와 우호적 관계를 맺기로 결정했다.

즉 각 부처에서는 알아서 올림푸스의 편의를 봐주는 것이 좋다.

홍석진이 내뱉은 말에는 이토록 깊은 의미가 담겨 있었다.

당연히 공식적인 지시는 아니었다.

그러나 진짜 중요한 일은 언제나 비공식적으로 진행되는 법이다.

국무회의를 통해 각 부처 장관들에게 전달된 은근한 메시지는 머지않아 각계각층의 거물들에게도 입에서 입으로 알려졌다.

세상을 놀라게 한 올림푸스의 리스크는 다름 아닌 정부와의 관계였다.

외교 안보를 이유로 정부와 마찰을 일으킬 가능성이 없지 않았기 때문이다.

아무리 대기업을 바탕에 두고 있어도 신생 기업이 정부와 관계를 푸는 건 무척 어려운 일이다.

그런데 올림푸스는 모두가 예상한 것보다 훨씬 뛰어난 최상의 결과를 얻어냈다.

이제 그들은 국내에서 누구의 눈치를 볼 필요도 없이 종횡무진 뛰어다닐 기반을 마련했다.

펜타곤과 기술 제휴를 맺었으니 해외에서도 미국의 눈치를 보느라 함부로 올림푸스를 건드리지 못할 것이다.

그러한 효과를 고려하면 나사가 아닌 펜타곤과 제휴를 맺은 게 득이 됐다.

하늘이 돕는다.

올림푸스의 행보를 보면 천운이라는 말이 절로 나오게 된다.

하지만 천운(天運)을 얻기까지 무모한 도전을 불사한 최치우의 노력이 있었다.

그는 또 다른 천운을 위해 다시 땀 흘릴 준비를 하는 중이었다.

*   *   *

"이야, 이건 우리 영감 정도는 되어야 받을 수 있는 특혜입니다."

임동혁이 탄성을 흘렸다.

최치우는 외교관처럼 별도의 출입구를 통해 공항 내부로 들어왔다.

국내 공항을 이용하는 경우, 그는 외교관에 준하는 대우를 받게 됐다.

출입국 심사도 빨라지고 다른 사람들과 섞여 대기할 필요도 없었다.

무엇보다 세관이나 검색 절차가 간소화되었다.

미쓰릴처럼 은밀하게 운반해야 할 물건을 다루기 쉬워진 것이다.

일반 사람들과 똑같은 절차를 밟고 출국 게이트 안으로 들어온 임동혁은 부러운 눈빛이었다.

임동혁의 아버지처럼 대기업 총수에 해당되면 특혜를 받을 수 있다.

그들이 외국에서 거액의 계약을 맺어 오면 국내 경제에 도움이 되기에 서로서로 예우하는 것이다.

하지만 지금은 분위기가 달라져 대기업 오너들도 섣불리 특혜를 누리기 힘들었다.

자칫 구설수에 오르면 여론이 악화될 수 있기 때문이다.

그러나 최치우는 달랐다.

그가 이끄는 올림푸스는 전 국민적 지지와 응원을 받는 독특한 기업이다.

최치우는 마음의 부담 없이 특혜를 누렸다.

대신 그만큼, 또는 그 이상의 이익을 대한민국에 가져오면 되는 것이다.

그는 수도승처럼 청렴결백하게만 살 생각은 눈곱만큼도 없었다.

"그나저나 차를 안 타고 다니는 이유가 뭡니까? 운전면허, 아직입니까?"

"이번에 돌아오면 따려고 합니다. 본부장님은 참 궁금한 게 많군요."

최치우는 질문이 많은 임동혁에게 면박을 줬다.

이제 완전히 익숙해졌는지 임동혁은 구박을 받으면서도 굴하지 않았다.

"최 대표의 첫 번째 차는 내가 골라주겠습니다. 자동차에도 안목이 필요합니다. 같은 슈퍼카를 타도 페라리는 뭘 좀 아는 사람들의 선택이고, 람보르기니는 허세 부리기 좋아하는 졸부들 스타일이랄까. 아무튼 그런 게 있습니다."

"그때 가서 이야기하죠."

최치우는 임동혁의 이야기를 한 귀로 듣고 한 귀로 흘렸다.

사실 스물한 살의 남자라면 누구든 가슴이 뛸 수밖에 없는 이야기다.

자동차 싫어하는 남자가 몇이나 되겠는가.

최치우는 페라리나 람보르기니를 일시불로 살 수도 있었다.

슈퍼카 일곱 대를 사서 요일별로 바꿔 타고 다니는 것도 가능했다.

임동혁이 준 블랙카드 때문이 아니다.

펜타곤과의 제휴를 성사시키며 1,200억 원가량을 벌었고, 산술적으로 올림푸스가 거둔 수익의 70%는 최치우의 것이나 마찬가지였다.

게다가 상장도 안 했지만 올림푸스의 기업 가치는 천문학적 수준으로 치솟고 있었다.

최치우가 마음만 먹으면 람보르기니 아벤타도르를 색깔별로 살 수 있었다. 하지만 그는 차에 크게 관심이 없었다.

이번 출장을 마치고 돌아오면 면허를 따고 차를 사긴 살 생각이다.

그러나 최치우는 좋은 차로 폼 잡고 드라이브하는 상상보다 어떻게 하면 세상을 뒤흔들 수 있을지 고민하는 게 더 즐거웠다.

어느 차원에서든 최강의 남자가 되면 가장 좋은 말을 탈 수 있다.

무림에서도, 아슬란 대륙에서도, 첫 번째 삶을 산 링스 월드에서도 마찬가지였다.

말 대신 차를 타는 현대라도 다를 건 없었다.

명마(名馬)와 명차(名車)는 전리품일 뿐, 목표가 될 수는 없는 것이다.

그런 최치우를 바라본 임동혁은 고개를 가로저었다.

대체 무엇으로 최치우의 환심을 살 수 있을지 여전히 미스터리했다.

"라운지에서 회의라도 좀 하죠. 비행기에서는 쉬어야 할 테니까."

"가만 보면 대놓고 일 중독입니다. 스물한 살이 벌써 그러면 나중엔 얼마나 더 무서워지려고 그러는 겁니까?"

"우리 일, 재밌지 않아요? 좋아서 하는 겁니다."

"역시 그 말이 나올 줄 알았습니다."

임동혁은 두 손 두 발 다 들었다는 듯 어깨를 으쓱거렸다.

최치우는 그가 따라오건 말건 신경 쓰지 않고 앞서 걸어갔다.

두 사람은 당연히 퍼스트 클래스 티켓을 끊었다.

공항의 퍼스트 클래스 라운지는 그 어디보다 조용하고 안락하며 프라이버시가 철저히 보장되는 장소이다.

보안이 생명인 올림푸스 회의를 하기에 이보다 적절한 곳을 찾기도 힘들 것이다.

저벅저벅.

최치우는 휘황찬란한 면세점은 거들떠보지도 않고 지나쳤다.

곧이어 확인 절차를 마치고 라운지에 들어선 두 사람은 프라이빗 룸을 빌렸다.

퍼스트 클래스 라운지에는 쾌적하고 넓은 룸이 여럿 있었다.

이 안에서도 프라이버시를 지키고 싶어 하는 승객을 위한 배려였다.

물론 퍼스트 클래스를 이용하는 고객이 하루 종일 단 한 명도 없는 때도 있었다.

그러나 VIP를 대우할 때는 효율성을 따져선 안 된다.

어쩌다 들르는 그들이 수십, 수백 배의 수익을 안겨주기 때문이다.

최치우와 임동혁이 자리 잡은 룸 안에는 안마 의자부터 최신형 PC와 대형 TV, 대리석으로 만들어진 원탁 테이블 등 없는 게 없었다.

한영그룹 본사의 임원 회의실이라 해도 믿을 것 같았다.

"자, 이제 우리 워커 홀릭 대표님의 본격적인 안건을 들어보고 싶습니다."

임동혁이 의자를 뒤로 젖히며 말했다.

그는 라운지 담당 승무원이 가져온 위스키를 홀짝이고 있었다.

최치우는 위스키 대신 커피를 마시며 입을 열었다.

"올림푸스의 다음 프로젝트에 관한 이야기입니다."

"아니, 벌써?"

임동혁은 뒤로 젖힌 의자를 원위치로 당겼다.

두 사람은 펜타곤과의 계약 세부 절차를 마무리하기 위해 미국으로 가는 참이다.

올림푸스를 세상에 알린 첫 번째 프로젝트도 아직 100% 마무리가 안 됐다는 뜻이다.

게다가 미쓰릴을 이용한 연구와 기술 제휴까지 앞으로 수
년 동안 펜타곤과 협력을 지속해야 한다.

올림푸스 내부적으로 회사의 기틀을 다지고 조직을 정비하
는 이슈 역시 남아 있었다.

그럼에도 불구하고 최치우는 벌써 또 다른 목표를 세우고
있었다.

그의 속도는 보통 사람이 따라잡을 수 없었다.

임동혁도 절대 보통 사람이라고 표현할 수 없는 미친놈 중의
미친놈이다.

하지만 최치우와 함께 있으니 지극히 평범한 사람처럼 느껴
질 지경이다.

"최 대표님 마음은 알겠지만, 우리가 당장 처리해야 할 일이
몇 개인지 아십니까?"

"알고 있습니다. 그러나……."

최치우가 숨을 골랐다.

그는 사뭇 강렬한 눈빛으로 임동혁을 쳐다보며 말을 이었다.

"당면한 업무를 쳐내기 바쁘면 세상은 언제 바꿀 겁니까? 독
도 해저 자원 개발도, 미쓰릴도 모두 엄두도 못 낼 때 도전해서
해냈습니다."

임동혁은 할 말이 없었다.

최치우의 이야기가 전부 사실이기 때문이다.

상대가 다른 사람이라면 경영 효율성과 전략 등을 내세워

설득할 수도 있다.

그러나 최치우 앞에서는 어떤 설명도 무의미했다.

그는 이미 두 번이나 불가능을 현실로 만들어낸 주인공이다.

수시로 기적을 일으키는 사람에게 상식은 지루한 편견처럼 여겨질 따름이다.

"알겠습니다. 나야 우리 최 대표님한테 묻어가는 처지이고, 어디 두 번째 프로젝트가 무엇인지 들어나 봅시다. 나한테 말을 꺼낼 정도면 이미 정리가 끝났다는 뜻일 테니."

임동혁은 확실히 똑똑했다.

그는 최치우가 시나리오를 세운 다음 이야기를 꺼냈다는 걸 직감하고 있었다.

어설픈 단계의 구상이었다면 최치우는 결코 입 밖으로 말을 내뱉지 않았을 것이다.

최치우는 씨익 미소를 지으며 목소리를 낮췄다.

프라이버시가 보장되는 공간이지만, 자연스레 몸이 본능을 따르는 것이다.

"세상에 존재하지 않던……."

그가 한 번에 말을 끝내지 않자 임동혁이 눈을 가늘게 떴다.

마치 드라마나 웹 소설 다음 화를 궁금하게 만드는 궁극의 절단마공에 당한 기분이 들었다.

최치우의 미소가 더욱 짙어졌다.

임동혁은 놀리는 맛이 있는 사람이었다.

더 길게 뜸을 들이면 올림푸스 대표와 이사가 한바탕 싸울지 모른다.

"해독제를 만들어봅시다."

"해독제? 해. 독. 제?"

"맞습니다, 해. 독. 제."

"아니, 우리는 제약회사가 아니라 자원 탐사 회사 아니었습니까?"

"말은 바로 해야죠. 올림푸스는 비밀을 찾아내는 모험가들의 모임, 세상과 인류의 미래를 밝히는 회사입니다. 단순한 자원 탐사 회사가 아니라."

"그거야 그렇지만……."

"단순한 약을 만들자는 게 아닙니다. 아래로는 오염된 식수로 죽어가는 아프리카와 중동의 아이들을 구하고, 위로는 살해 위협에 시달리는 국제적 부호와 거물들에게 천문학적 액수로 팔 수 있는 바로 그런 해독제입니다."

뜬구름 잡는 소리지만, 최치우가 말하니 듣는 임동혁의 가슴이 뛰었다.

영화에나 나올 해독제지만, 최치우라면 진짜 만들어낼지 모른다는 생각이 들었다.

"이 프로젝트를 함께 진행할 적임자를 알고 있습니다."

"그게 누굽니까?"

"그건 미국에 도착해서 본부장님 하는 걸 좀 보고 말해 드리죠."

최치우는 임동혁을 애타게 만들 작정인지 웃으며 장난을 쳤다.

그렇게 올림푸스의 또 다른 프로젝트가 아주 살짝 모습을 드러냈다.

최치우의 머릿속에는 세상을 바꿀 아이디어가 무궁무진하게 떠돌아다니고 있었다.

세상을 구하는 기쁨을 느끼라는 아바타의 미션 때문만은 아니다.

최치우는 자신의 방식대로 7번째 환생을 완전히 새롭게 즐기는 중이었다.

                    *   *   *

최치우와 임동혁은 미국 공항에 내리자마자 최고의 귀빈 대우를 받았다.

공식적으로 펜타곤과 기술 제휴를 체결한 기업의 대표와 임원이다.

국빈은 아니지만 그에 준하는 예우를 갖추는 게 당연했다.

미쓰릴을 보여주기 위해 처음 방문했을 때와는 많은 게 달라졌다.

그때도 펜타곤의 대우는 극진했지만, 언제든 납치나 감금으로 상황이 변할 수 있었다.

하지만 지금은 아니었다.

최치우는 세계 최강의 무력을 가진 펜타곤조차 어렵게 여기는 사람이 됐다.

미쓰릴을 제공했다고 해서 그의 역할이 사라진 게 아니기 때문이다.

이 세상에서 미쓰릴을 정제할 수 있는 유일한 사람이 바로 최치우였다.

펜타곤에서 연구 등의 이유로 미쓰릴을 조각내거나 분할하고 싶을 때 반드시 최치우의 도움을 빌려야 한다.

거액을 제공하고 기술 제휴라는 조건까지 받아들인 펜타곤 입장에선 최치우를 지속적으로 중요하게 여길 수밖에 없었다.

다양한 방식으로 미쓰릴을 활용하기 위해선 다른 방법이 아예 없었다.

사실상 최치우는 미쓰릴 원석의 절반을 독점적으로 내준 대신 펜타곤을 인질로 잡은 셈이다.

"그런데 최 대표님."

임동혁은 최치우에게 꼬박꼬박 대표라는 호칭을 붙였다.

둘은 펜타곤에서 제공해 준 육중한 방탄차량 뒷좌석에 앉아 있었다.

최치우는 대답 대신 고개를 돌렸다.

그는 아직 올림푸스의 두 번째 프로젝트로 구상한 해독제에 대해 자세한 이야기를 해주지 않았다.

아마 임동혁은 그 질문을 하려는 것 같았다.

"미쓰릴 원석의 절반을 펜타곤에 제공했는데 나머지 절반은 어떻게 쓰실 겁니까?"

하지만 임동혁은 최치우의 예상과 다른 질문을 던졌다.

그는 여전히 최치우의 머릿속에 있는 두 번째 프로젝트에 대해 궁금해하고 있었다.

그러나 최치우가 스스로 마음먹지 않는 이상 절대 말을 해주지 않을 거란 사실도 알았다.

임동혁도 최치우와 손발을 맞춘 시간이 적지 않았다.

대신 다른 호기심을 해소하려 화제를 돌린 것이다.

최치우는 잠시 생각하다 입을 열었다.

굳이 임동혁에게까지 비밀로 남겨둘 이야기는 아니었다.

"한 조각은 이 반지로 만들었고, 나머지 원석은 비수처럼 다듬으려 합니다."

"비수?"

뜻밖의 대답이었다.

임동혁은 눈을 크게 뜨고 몸을 기울였다.

자동차 안이지만 내부가 워낙 넓어 운신이 자유로웠다.

최치우는 대수롭지 않다는 듯 담담한 어조로 대답했다.

"어차피 독점 계약을 맺었기에 남은 원석을 다른 기관에 제공할 수는 없습니다. 그럼 그냥 내가 써야죠."

"미쓰릴로 비수를 만든다……. 그거 정말 엄청난 무기가 될 것 같습니다."

"쓸 일이 없었으면 좋겠군요."

최치우는 고개를 끄덕였다.

그의 왼손 약지에 자리 잡힌 반지도 미쓰릴로 만들어졌다.

위급한 상황에 모든 에너지를 튕겨낼 수 있는 절대 반지이다.

그런데 만약 미쓰릴로 비수를 만든다면 정말 어마어마한 무기가 될 것이다.

최치우는 남아 있는 미쓰릴 원석으로 손가락 두 개 크기의 비수를 만들 수 있을 것 같았다.

아주 작은 크기지만 어쩌면 세계에서 가장 위험한 무기가 될지 모른다.

미쓰릴은 적수를 찾을 수 없는 금속이다.

무엇으로도 미쓰릴을 부술 수 없다. 즉 미쓰릴을 이용하면 어떤 금속도 파괴할 수 있다는 뜻이다.

게다가 쏟아진 에너지를 몇 배 더 강하게 튕겨내는 속성을 지녔다.

만약 미쓰릴로 만든 비수를 대공포에 투척한다면?

포탄이 쏘아짐과 동시에 엄청난 재앙이 일대를 뒤덮게 될 것이다.

미쓰릴의 특성을 알고 있는 임동혁은 어깨를 움츠렸다.

그는 아드레날린 중독으로 웬만한 일에는 자극조차 못 받는다.

하지만 최치우와 미쓰릴 비수의 조합은 상상하는 것만으로도 끔찍한 상황을 만들 수 있다.

임동혁은 저도 모르게 최치우가 미쓰릴 비수를 사용할 일이 없기를 바랐다.

사실 최치우는 그렇게까지 깊이 생각하진 않았다.

그저 남는 미쓰릴로 만들 수 있는 게 비수(匕首) 정도일 따름이다.

다른 차원에서도 기사와 마법사, 무림인들은 자신만의 무기나 보호구를 만드는 걸 즐겼다.

최치우도 마찬가지였다.

신병이기에 대한 욕심은 자연스러운 것이다.

그는 미쓰릴로 만들 비수에 어떤 이름을 붙여줄지 고민했다.

임동혁의 걱정대로 언젠가 그 무기를 쓰며 대재앙을 불러일으킬 가능성도 있다.

그러나 아무 이유 없이 미증유의 힘을 휘두를 최치우가 아니다.

지금부터 미리 걱정하며 스스로를 검열하는 건 무의미한 일이었다.

"……."

미쓰릴을 매개로 다른 생각을 하는 둘 사이가 조용해졌다.

임동혁도 걸출한 인물에 누구 못지않은 미친놈이지만, 최치우와는 존재 자체가 다를 수밖에 없었다.

7번의 환생을 거치고 8번째 차원에서 새로운 삶을 시작한 최치우를 누가 감히 이해할 수 있겠는가.

끼익!

이윽고 두 사람을 태운 차량이 잠시 멈춰 선 후 펜타곤의 성

채 안으로 진입했다.

계약을 마무리하고 기술 제휴 현황을 확인하는 방문이기에 마냥 순조로울 것이다.

최치우 덕분에 임동혁은 돈이 아무리 많아도 할 수 없는 경험을 하게 됐다.

그와 함께하는 사람들은 새로운 세상을 한발 앞서 보게 된다.

최치우는 펜타곤이 신기한 듯 연신 좌우를 두리번거리는 임동혁을 쳐다보며 웃음을 흘렸다.

이제 그에게 있어 펜타곤 방문은 특별한 이벤트가 아닌 일상적 출장이다.

스물한 살 최치우는 하늘 위의 하늘에서 평범한 사람들은 알 수 없는 삶을 살아가고 있었다.

*   *   *

예상대로 펜타곤에서의 일정은 무난하게 끝났다.

당초 맺은 계약의 세부적인 조건을 세세하게 다듬고 법적 효력을 확인하기 위한 방문이었다.

이미 전자우편을 통해 수차례 합의한 내용이기에 올림푸스와 펜타곤 사이에 이견은 없었다.

이번에는 루이스 고어 국방부장관은 만나지 못했다.

대신 미쓰릴 연구 개발에 참여하게 된 펜타곤 실무진과 핵심 고위층을 두루두루 만나며 이야기를 나눴다.

실무진 중에는 한국에서 미쓰릴을 테스트한 잭 앤더슨도 포함돼 있었다.

그래도 구면(舊面)이라고 잭과 최치우는 반갑게 악수를 나눴다.

펜타곤의 천재 요원인 잭은 미쓰릴 연구에서도 중책을 맡은 모양이다.

최치우는 연구와 기술 제휴 방향에 대해 긴밀한 대화를 주고받았다.

기자회견을 통해 알린 것처럼 펜타곤은 미쓰릴의 특성을 연구해 대량 살상 무기 방어 기술을 개발할 예정이다.

미쓰릴의 에너지 반발력을 분석하고 아주 약간이라도 그러한 특성을 구현하게 되면 그야말로 혁신이다.

하루가 멀다 하고 기습 공격이 쏟아지는 중동 지역에서 군사부대와 민간인을 보호하는 데 새로운 기술이 사용될 것이다.

그로 인해 목숨을 구하게 될 사람들의 숫자는 어마어마할 터.

펜타곤과 최치우의 올림푸스는 미쓰릴 연구에 거는 기대가 적지 않았다.

물론 하루아침에 성과가 날 수 있는 프로젝트는 아니다.

최소 몇 년 이상은 꾸준히 연구하고 기술을 개발해야 한다.

그러나 최치우가 미쓰릴이라는 신금속을 제공하면서 실마리가 생겨났다.

무에서 유를 창조하는 게 아닌, 최초의 디딤돌이 있는 셈이다.

그것만으로도 수십 년의 시간을 단축시킨 것이나 마찬가지였다.

최치우는 앞으로도 지속적인 교류와 기술 제휴를 위한 일정을 정하고 펜타곤에서 나왔다.

처음부터 펜타곤 방문 일정은 하루면 충분했다.

하지만 미국 출장은 지금부터 시작이었다.

최치우와 임동혁은 워싱턴 D.C의 호텔에서 잠깐 휴식을 취했다.

한국에서 가져온 캐리어는 풀지 않았다.

해가 뜨면 곧바로 이동할 계획이기 때문이다.

"우리를, 솔직히 말하면 최 대표님을 만나고 싶어 안달이 난 사람들이 줄을 섰습니다. 그것도 하나같이 말 한마디로 세계를 움직이는 거물들인데 말입니다."

임동혁은 자신 있게 말하며 미국 출장 일정을 짰다.

펜타곤 방문이 최치우의 주관 아래 이뤄졌다면, 남은 스케줄은 임동혁의 몫이다.

최치우는 뉴욕에서의 일정도 크게 염려하지 않았다.

임동혁은 어중이떠중이가 아니다.

미쓰릴이라는 떡밥을 던져서 펜타곤과 나사의 요원을 한국까지 불러낸 당사자가 임동혁이다.

그의 인맥과 영향력은 대한민국에서 둘째가라면 서러울 지경이다.

한국 재계 서열 10위 안에 드는 한영그룹의 후계자이니 당연한 일이다.

최치우와는 살아온 세계와 존재의 그릇이 다를지 몰라도 평범한 사람들 틈에서 임동혁은 단연 발군의 인재이다.

짧은 휴식을 마친 최치우는 뉴욕행 비행기에 몸을 실었다.

어디를 가든 퍼스트 클래스를 타는 게 당연해져 더 이상 낯설지 않았다.

아침 일찍 활주로에서 떠오른 비행기에는 승객이 거의 없었다.

특히 퍼스트 클래스 객실에는 최치우와 임동혁 둘뿐이었다.

최치우는 창밖으로 떠오른 붉은 태양을 바라보고 있었다.

그때 임동혁이 말을 걸어왔다.

"이제 슬슬 말해줄 때가 안 됐습니까?"

"본부장님 성격에 오래 참았군요."

"그러니까 말입니다. 올림푸스의 두 번째 프로젝트, 유일한 임원이자 이사인 나도 알아야겠습니다."

말투는 차가웠지만 실상은 읍소에 가까웠다.

최치우는 피식 미소를 지으며 고개를 돌렸다.

거의 이틀을 참았으니 임동혁도 어지간히 인내한 셈이다.

곧이어 최치우의 입에서 오랜만에 불러보는 이름이 흘러나왔다.

"허철후, 심마니들 사이에서는 산신령이라는 별명으로 불리는 분입니다."

"산신령……. 예사롭지 않는 별명 같습니다."

"그분과 인연이 깊습니다. 덕분에 어떤 독도 통하지 않는 몸이 됐고."

최치우는 스스로 만독불침이라는 사실을 밝혔다.

이 정도 레벨의 이야기는 임동혁에게 해줘도 상관없을 것 같았다.

임동혁은 깜짝 놀라면서도 시시콜콜 캐묻지 않았다.

그는 최치우가 상식을 초월한 인간이란 사실을 옆에서 지켜본 당사자이다.

독이 통하지 않는다는 것도 납득할 수 있었다.

대신 임동혁은 해독제 프로젝트 자체에 집중했다.

"그럼 우리의 두 번째 프로젝트는 그분과 함께 진행하는 겁니까?"

"허철후 어르신을 마지막으로 본 게 거의 1년 전입니다. 그리고 얼마 전 다시 세상에 나설 준비가 끝났다는 연락을 받았습니다."

"하지만 아무리 대단한 사람이라도… 최 대표님이 말한, 이제껏 존재하지 않은 해독제를 만드는 게 가능하겠습니까?"

임동혁이 고개를 갸웃거렸다.

그가 의아함을 느끼는 건 당연했다.

허철후의 직업은 심마니, 또는 땅꾼이다.

산에서 약초를 캐고 뱀을 잡아 우려내는 사람이다.

심마니들 사이에서는 산신령이라 불리며 존경을 받지만, 사회에서는 비과학적인 민간치료법의 전파자일 뿐이다.

임동혁은 최치우가 무슨 그림을 그리고 있는지 이해하기 어려웠다.

그렇다고 해서 최치우에 대한 신뢰가 흔들린 것은 아니다.

다만 이 정도의 정보로는 전혀 감이 잡히지 않는 것이다.

최치우는 임동혁의 생각을 꿰뚫어 보고 있었다.

"본부장님."

"네?"

"뉴욕에 가면 보통 사람들은 알기 힘든 세상이 펼쳐지겠죠. 타임스퀘어와 센트럴파크를 내려다보는 초고층 빌딩, 국제적 거물들만 모인 파티, 이런 것들."

"맞습니다. 완전히 다른 세상입니다."

"마찬가지로 본부장님이 모르는 또 다른 세상이 존재합니다. 미쓰릴도 그런 세상의 경계에서 발견한 금속입니다. 산신령 허철후 어르신과 내가 함께 만들 해독제 또한 본부장님이 알고 있는 세상의 상식으로 이해하긴 어려울 겁니다."

하늘 위에는 언제나 또 다른 하늘이 있다.

내가 아는 세상을 전부라고 여기는 순간, 누구든 우물 안 개구리 신세가 된다.

최치우는 임동혁에게 날카로운 깨달음을 선사해 줬다.

올림푸스는 신들의 세계이다.

최치우는 올림푸스의 수장으로서 또 다른 세상의 문을 열어젖히는 인물이다.

다행히 명석하고 눈치 빠른 임동혁은 고개를 끄덕이며 입을 꾹 닫았다.

그는 어리지만 살아 있는 전설이 되고 있는 최치우의 권위에 도전하지 않았다.

최치우가 두 번째 프로젝트로 상식 밖의 해독제를 만든다면 만드는 것이다.

"잠시 눈 좀 붙이겠습니다."

뉴욕으로 가는 하늘 위에서 최치우는 팔짱을 끼고 눈을 감았다.

그는 세계 최고의 도시 뉴욕에서 한껏 거들먹거릴 거물들에게도 천외천이 있음을 보여줄 작정이다.

8장

귀
족

뉴욕은 세계의 수도이다.

미국의 수도는 워싱턴 D.C이지만 세계의 수도는 뉴욕이다.

그 누구도 여기에 토를 달지 않는다.

실제로 세계의 금융, 문화, 예술, 학문 등 거의 모든 부분에 있어 뉴욕이 중심지 역할을 하기 때문이다.

미국이 인종의 용광로라는 말도 뉴욕에 와봐야 이해할 수 있다.

미국 남부와 서부는 여전히 백인들의 땅이다.

흑인과 히스패닉은 주류라고 할 수 없었다.

하지만 동부에서도 뉴욕에는 백인만큼 많은 수의 흑인, 동양인, 히스패닉들이 단단히 자리를 잡고 있었다.

심지어 어둠의 세계에서도 마찬가지다.

만약 뉴욕에서 중국인이나 흑인을 잘못 건드리면 곧장 차이나타운과 할렘의 갱스터들이 출동할지 모른다.

적어도 일반 시민들 기준에서 뉴욕은 여러 인종이 뒤섞여 비교적 평등하게 살아가는 도시였다.

그러나 상류층으로 올라갈수록 이야기는 달라진다.

돈이 아무리 많아도 낄 수 없는 이너서클이 존재하게 마련이다.

뉴욕의 상층부를 지배하는 이너서클은 여전히 백인들 위주로 돌아간다.

간혹 동양인과 인도인도 섞여 있지만, 압도적 주류가 백인임을 부정하긴 어렵다.

최치우는 바로 그 이너서클의 파티에 참석했다.

놀랍게도 여기선 임동혁조차 주류가 아니었다.

한국의 10대 재벌 후계자라면 세계 어디에서도 빠지지 않는 부호이자 거물이다.

그렇지만 극소수의 최상류층이 모인 뉴욕의 파티에서는 주목을 받기 어려웠다.

임동혁은 센트럴파크와 타임스퀘어가 한눈에 내려다보이는 마천루 스카이라운지에서 평소처럼 위스키를 홀짝였다.

그는 최치우 옆에 서서 몇몇 사람을 가리켰다.

"저기 저 사람은 위버의 공동 창업자입니다. 자기 재산이 2조 정도 된다고 합니다."

"2조면 대충 20억 달러? 재밌네요."

최치우는 한 손에 샴페인 잔을 든 채 사람들을 유심히 살펴 봤다.

현재 지구상에서 가장 잘나가는 그룹이 모여 있다고 해도 과언이 아니었다.

그들을 가까이서 관찰할 수 있는 기회는 흔치 않다.

어디서든 배움의 기회를 찾으려는 최치우에게 이곳은 흥미 로운 샘플이 넘치는 공간이었다.

"저 사람은 에어비투비를 만든 3인방 중 한 명입니다. 최 대 표님도 에어비투비 알고 있으십니까?"

"물론이죠. 이용해 본 적은 없지만."

과연 임동혁이 어마어마한 파티라고 말할 만했다.

라이브 밴드의 재즈 연주를 배경 삼아 삼삼오오 모여 수다 를 떠는 한 사람, 한 사람이 죄다 국제적 거물이었다.

이들은 단지 초고층 빌딩에서 뉴욕을 내려다보고 있는 게 아니었다.

실제 영향력으로 뉴욕을 비롯한 세계를 발밑에 두고 있었 다.

"헤이, 동혁!"

그때 누군가 두 사람에게 다가와 말을 걸었다.

정확히는 임동혁의 어깨를 가볍게 두드리며 반가운 기색을 표했다.

동시에 등을 돌린 최치우와 임동혁은 하얀 피부에 짧고 곱

슬곱슬한 금발의 백인 청년을 보게 됐다.

그가 바로 임동혁을 이 파티에 초대한 장본인 도미너스 펀드의 CEO 마이클 캐릭이다.

임동혁은 두 팔을 활짝 벌리며 마이클을 껴안았다.

"마이클! 이게 얼마만입니까!"

"그러게 말이에요. 뉴욕까지 와줘서 고마워요, 동혁."

둘은 유창한 영어로 대화를 나눴다.

마이클이 외국인은 발음하기 어려운 임동혁의 이름을 정확히 아는 게 이채로웠다.

청바지에 폴로셔츠를 입은 마이클의 외모는 평범한 백인 대학생이나 직장인처럼 보였다.

하지만 그가 이끄는 도미너스 펀드는 공격적인 투자로 악명이 높은 금융계의 하이에나이다.

순진해 보이는 외모로 마이클 캐릭을 판단하면 큰코다치기 십상이다.

최치우는 일시에 그의 진면목을 파악했다.

'서글서글한 인상이지만 보통내기가 아니다. 날카로운 기운을 내면으로 갈무리했어. 무공을 익혔다면 고수 반열이야.'

마이클에 대한 평가를 내린 찰나, 임동혁이 최치우를 소개했다.

"마이클, 이쪽은 내가 말한 우리 올림푸스의 최치우 대표님입니다. 최 대표님, 여긴 도미너스 펀드의 마이클 캐릭입니다. 뉴욕에서 MBA 과정을 같이 들으며 알게 된 오랜 친구라 할 수 있습니다."

"와우, 펜타곤과의 제휴를 이끌어낸 젊은 CEO? 만나서 영광입니다. 마이클 캐럭이라고 해요."

마이클은 과장된 몸짓으로 최치우를 치켜세웠다.

올림푸스의 성과는 국제 뉴스를 탔고, 미국에도 알려져 있었다.

펜타곤이 외국의 신생 기업에 문호를 개방했다는 소식 자체가 이례적이었기 때문이다.

"반갑습니다. 최치우입니다."

"실례가 안 된다면 편하게 이름을 불러도 될까요?"

"그럼요."

"쿨!"

마이클이 환하게 웃었다.

서양에서 성 대신 이름을 부르는 건 가까운 사이일 때나 가능했다.

마이클은 만난 지 1분도 안 되어 서로 이름을 부르도록 유도했다.

물 흐르듯 자연스러운 사교력도 그의 능력 중 하나였다.

두둥ー!

그때였다.

라이브 밴드의 드러머가 유독 크게 베이스를 밟았다.

사람들의 시선이 일제히 밴드로 향했다.

"저스틴 팀버?"

"오, 정말 저스틴이네. 오랜만이군."

파티 참석자들의 수군거리는 소리가 들렸다.

앨범을 냈다 하면 무조건 빌보드 차트 1위를 찍는 세계적인 가수 저스틴 팀버가 마이크를 잡고 있었다.

그런데 다들 놀라지 않고 당연하다는 태도였다.

소규모 파티에 세계 최고의 가수를 부르는 게 일상적인 사람들다웠다.

저스틴 팀버가 노래를 시작하자 조명이 화려하게 바뀌었다.

"어때요? 재밌지 않나요?"

마이클이 리듬에 몸을 맞추며 물었다.

최치우는 부정하지 않고 고개를 끄덕였다.

"뉴욕을 꼭대기에서 내려다보는 펜트하우스, 캐비어와 트러플을 아끼지 않고 사용한 음식과 비싼 샴페인, 파티의 흥을 돋우고 있는 빅토리아 시크릿 모델들, 기꺼이 마이크를 잡는 저스틴 팀버, 그리고 선택받은 특별한 사람이라는 자부심까지 흠잡을 곳 없는 파티이긴 합니다."

"세계를 움직이는 사람들이니 스트레스를 풀 때는 확실해야죠."

마이클도 은근한 자부심을 감추지 않았다.

최치우는 가볍게 웃었다.

그는 이전 차원에서도 오늘과 비슷한 경험을 한 적이 있다.

링스 월드와 아슬란 대륙에서는 귀족과 왕족들이 이런 파티를 주최했다.

그들은 실제로 세상을 한 손에 넣고 주무르며 특권을 즐겼다.

무림에서도 크게 다르지 않았다.

구대문파와 오대세가의 혈족은 끼리끼리 연합을 만들어 남들이 넘볼 수 없는 모임을 만들었다.

그러나 세상이 위기에 처했을 때 그들은 뒤로 숨기 바빴다.

최치우는 링스 월드에서 향락에 빠진 하이 엘프의 제국을 멸망시켰고, 아슬란 대륙에서는 귀족들 대신 마법의 정수를 지키며 왕국을 지켰다.

무림에서도 천마와 마교를 상대로 싸운 건 미천한 신분의 낭인무사로 환생한 최치우였다.

'현대의 귀족들은 다를까?'

최치우는 뉴욕에 모인 최상류층 이너서클 멤버들을 현대의 귀족이라 생각했다.

물론 자수성가로 엄청난 부를 이룬 CEO들이 적지 않았다.

그들은 부모 잘 만난 게 전부인 귀족들과 달랐다.

하지만 특권을 당연시하고 다른 사람들과 선을 긋는 순간 점점 변하게 된다.

막대한 권력과 부를 자신만을 위해 휘두르며 망가지는 건 시간문제였다.

서로 다른 차원에서 그런 모습을 너무 많이 봐왔기에 최치우의 입에서는 냉소적인 말이 흘러나왔다.

"위버는 택시 운전자들의 일자리를 빼앗았고, 에어비투비는 전통적인 숙박업계를 몰락시키고 있죠. 동시에 여행객의 안전사고도 끊임없이 일어나는 중이고. 세계를 움직이며 엄청난 돈을 버는 것은 존경스럽지만, 위버나 에어비투비의 등장이 이 세계에 얼마나 긍정적인 영향을 끼쳤는지는 모르겠습니다."

최치우는 솔직한 감상을 여과 없이 말했다.

국제적 거물들의 비위를 맞추며 아부를 떨 생각은 추호도 없었다.

그의 이야기를 들은 마이클이 눈을 번뜩였다.

순박하던 표정 위로 서늘한 눈빛이 떠올랐다.

금융계의 하이에나라 불리는 도미너스 펀드의 CEO다운 모습이다.

"재밌네요, 치우. 여기서 그런 이야기를 하는 사람은 아무도 없는데."

"혁신으로 세상을 바꾼 세력이 권력을 누리고 어느 순간 고인 물이 된다면… 그들 역시 머지않아 그저 그런 기득권이 될 뿐이죠."

"그 이야기, 위버의 창업자 앞에서도 똑같이 할 수 있겠어요?"

"얼마든지."

최치우는 미소를 지었다.

그는 현대사회의 신생 귀족들을 두려워하지도, 경배하지도 않았다.

있는 그대로 그들의 성과를 인정하면서 동시에 빈틈을 주시할 뿐이다.

누구든 수조의 자산을 쌓은 거물 앞에서는 주눅이 들게 마련이다.

그러나 몇 번의 환생을 거치며 제국을 몰락시켜 본 최치우는 달랐다.

마이클은 그에게 흥미를 느꼈고, 앞장서서 최치우와 임동혁을 여러 사람들에게 소개시켰다.

최치우는 능숙한 태도로 뉴욕의 거물들을 상대했다.

굳이 먼저 적의를 보이지는 않았지만, 마이클에게 말한 것처럼 자신의 생각을 숨기지도 않았다.

그렇게 당당하면서 자연스러운 모습이 자부심으로 가득한 뉴욕의 거물들을 매료시켰다.

이제껏 그들이 만난 성공한 동양인은 지나치게 겸손하거나 혹은 지나치게 권위적이었다.

최치우처럼 여유롭고 나이스하면서 동시에 자기주장을 정확하게 밝히는 사람은 드물었다.

그는 하루에 수천억 원을 움직이는 국제적인 거물들, 돈이 많다고 해서 아무나 끼워주지 않는 백인 최상류층 이너서클에서 두각을 나타내고 있었다.

"저 아시안 누구야?"

"어떻게 여기에 초대받은 거지?"

최치우는 연이어 거물들과 대화를 나누며 알게 모르게 파티의 중심이 됐다.

그러자 곱지 않은 눈길로 그를 쳐다보는 사람들이 늘어났다.

날고 기는 사람들이 모인 파티에서 듣도 보도 못한 동양인이 주목을 받으니 심기가 불편한 것이다.

"저 사람 몰라? 올림푸스 CEO잖아."

"올림푸스? 왓?"

"펜타곤과 민간으로 계약한 최초의 한국인. 뉴스를 좀 챙겨 봐, 듀드."

대놓고 최치우를 시기하는 사람들은 트렌드에 뒤떨어진 취급을 받았다.

밤이 깊어갈수록 최치우의 이름과 경력은 뉴욕의 먹이사슬 꼭대기에 스며들 듯 퍼져 나갔다.

물론 최치우는 뉴욕의 맹수들에게 인정받는 걸로 만족하지 않았다.

그는 이제 막 올림푸스로 첫발을 뗐다.

하지만 꿈의 크기는 세계의 수도 뉴욕을 집어삼키고도 남았다.

머지않아 최치우는 뉴욕이 아닌, 올림푸스가 있는 곳을 세계의 중심으로 만들고 싶었다.

"반갑습니다. 너무 인기가 많아서 말을 걸기도 힘드네, 이거 참."

그때였다.

누군가 최치우의 등 뒤에서 그림자처럼 스윽 다가왔다.

그가 나타나자 주위의 사람들이 눈을 크게 떴다.

다들 살짝 긴장한 것도 같았다.

최치우는 고개를 돌려 새롭게 끼어든 사람을 쳐다봤다.

"에릭 한센?"

저도 모르게 그의 이름을 말할 수밖에 없었다.

모르는 사람이 없는 월드스타, 노르웨이 이민자 출신의 살아 있는 전설.

분명 방금 전까진 에릭 한센을 찾아볼 수 없었다.

아마 늦게 도착해 분위기를 살피다가 최치우에게 다가온 모양이다.

"날 아는군요. 하긴 나도 그쪽을 아니까. 펜타곤의 문을 연, 치우 최."

에릭 한센이 입꼬리 한쪽을 말아 올리며 손을 내밀었다.

최치우는 그와 악수를 했다.

마치 얼음장처럼 손이 차가웠다.

현대사회의 신(新) 귀족들이 모인 뉴욕의 펜트하우스에서도 에릭 한센은 모두 한 수 접어주는 남자였다.

눈독을 들인 기업은 반드시 빼앗거나 망가뜨리는 헌터, 동시에 우주선 개발과 전기차에 막대한 돈을 투자하는 돈키호테.

최치우는 뉴욕에서 만만찮은 라이벌이 될 에릭 한센과 조우했다.

서로를 마주 보는 두 사람 사이로 보이지 않는 불꽃이 튀었다.

＊　　　　＊　　　　＊

최치우와 에릭 한센은 나란히 서 있었다.

이전까지 최치우를 둘러싸고 이야기를 나누던 사람들은 자연스레 거리를 뒀다.

에릭이 최치우와 단둘이 대화하고 싶은 티를 팍팍 냈기 때문이다.

통유리 너머 뉴욕 전경을 바라보는 두 사람의 등 뒤로 따가운 시선이 꽂혔다.

다들 에릭과 최치우가 무슨 말을 할지 호기심을 숨기지 못했다.

그러나 용기 있게 끼어들 사람은 없었다.

괜히 에릭에게 잘못 보였다간 무슨 곤경에 처할지 모르기 때문이다.

"지금까지 존재하지 않던 금속을 발견했다면서요?"

에릭은 레드와인을 조금씩 마시며 입을 열었다.

새하얀 피부와 붉게 물든 입술이 극명한 대비를 이뤄 마치 뱀파이어 같았다.

최치우는 그의 옆얼굴을 주시하며 천천히 대답했다.

"정확히 말하면 존재하지 않던 금속이 아니죠. 그저 알려지지 않은 금속일 뿐입니다."

"아, 그게 맞는군요. 존재하지만 알려지지 않은 것."

에릭은 최치우의 지적을 듣고 수긍하듯 고개를 끄덕였다.

또 한 번 와인으로 입술을 적신 그는 곧바로 다음 질문을 던졌다.

"올림푸스는 어떤 목적으로 세워진 회사입니까?"

"우리 회사에 관심이 많은 것 같군요."

"물론입니다. 그러니 이렇게 당신과 시간을 보내고 있잖아요."

에릭은 올림푸스에 대한 흥미를 노골적으로 드러냈다.

그러면서도 자신이 관심을 갖는 걸 최치우에게 주는 특혜처럼 여겼다.

다른 사람이라면 에릭과의 독대를 엄청난 기회라고 생각할 것이다.

말 한마디로 수백억에서 수천억을 투자해 줄 수 있기 때문이다.

그러나 최치우는 이제까지 에릭이 숱하게 만난 기업인들과는 본질 자체가 다른 인물이었다.

최치우는 뉴욕의 젊은 지배자로 불리는 에릭 한센이 딱히 마음에 들지 않았다.

그에게서 풍기는 음흉한 향기가 본능적으로 거슬렸기 때문이다.

"새로움을 찾아내서 인류의 미래를 밝히는 게 올림푸스의 설립 목적입니다."

"매출과 수익, 회계 구조 등에 대한 계획이나 목표는 없고요?"

"돈 많이 벌어야죠. 많이 벌 겁니다. 그러나 우리의 이익이 곧 세계의 이익이 되는 방향으로 움직일 계획입니다."

에릭이 눈살을 찌푸렸다.

그에게 있어선 최치우의 이야기가 이상론으로 들렸기 때문이다.

뭔가 답답한 듯 단숨에 와인 잔을 비운 에릭이 살짝 목소리를 높였다.

"세계의 이익은 그 누구도 장담할 수 없어요. 인간은 그저 자기 자신을 위해 움직이는 동물이고, 그 과정에서 세계는 알아서 발전하는 겁니다. 지금까지의 역사가 그래온 것처럼."

"역사 속에서 큰 그림을 그리며 미래를 내다본 사람들이 있었기에 오늘이 존재하는 겁니다."

"아아, 아무튼 그 이야기는 됐고, 지금 한창 분위기 좋을 때 기업 공개를 해요. 뉴욕 증시에 상장하면 펜타곤 효과로 엄청난 수익을 거둘 수 있을 테니. 오랜만에 발견한 재밌는 회사인데 너무 뭘 모르는 거 같아 조언해 주는 겁니다."

"조언은 고맙습니다만, 당분간은 상장할 생각이 없습니다."

최치우의 말투에 단호함이 묻어나왔다.

그는 올림푸스의 앞날에 대해 분명한 비전을 갖고 있었다.

에릭은 이해하기 힘들다는 표정으로 두 눈을 크게 떴다.

"대체 왜……?"

"새로운 도전, 새로운 프로젝트에 착수할 돈은 이미 충분합니다. 돈이 돈을 버는 세상이지만, 올림푸스는 세상을 바꾼 만큼의 대가를 받으며 성장할 겁니다."

단순히 돈을 많이 버는 게 목적이었다면 얼마든지 방법이 있다.

하지만 최치우가 추구하는 가치는 그보다 훨씬 크고 깊었다.

물론 보통 사람이 이해하기 쉬운 영역은 아니었다.

"펜타곤에서 받은 돈이 얼마였더라? 1억 달러? 그게 대단한 돈 같지만 맨해튼의 아파트 펜트하우스 하나가 천만 달러 정도합니다. 고작 아파트 열 채값에 지나지 않는 돈이란 말입니다, 1억 달러는."

"누구는 1억 달러로 아파트를 사겠지만, 난 1억 달러로 또 한 번 세상을 놀라게 만들 수 있습니다. 같은 돈이라도 어떻게 쓰느냐에 따라 완전히 달라지는 법이죠."

최치우는 가벼운 설전에서 에릭을 완전히 압도했다.

에릭 한센은 어마어마한 성공을 거둔 이후 최치우 같은 사람을 처음 만났다.

모두 그의 재력과 수완 앞에 무릎을 꿇었고, 말 한마디도 조심했다.

돈으로 안 되는 일은 없다는 게 에릭의 신조였다.

그러나 최치우는 억만금을 보여줘도 눈 하나 깜빡하지 않을 것 같았다.

"전기차와 우주 로켓에 투자하는 건 돈보다 더 큰 가치를 위해서가 아닙니까? 아니면 그것도 더 많은 투자금을 끌어들이기 위한 쇼는 아니겠죠."

최치우가 마지막 카운터펀치를 먹였다.

에릭은 전기차와 우주 로켓 사업에 투자하며 세계의 찬사를 받았다.

아직까지 수익은 나지 않지만 미래를 위한 도전을 지속해 왔다.

덕분에 그는 잔인한 기업사냥꾼이라는 비판에서 자유로워질 수 있었다.

하지만 그마저도 이미지를 세탁하고 거액의 투자금을 유치하기 위한 쇼일지 모른다.

최치우는 에릭 한센과 잠깐 대화를 나누며 그의 본질을 간파했다.

'제국의 황제와 닮았어. 오직 자기 자신을 위해 다른 모든 사람을 파멸시켜도 웃을 수 있는 하이 엘프, 아니, 인간.'

첫 번째 차원인 링스 월드의 황제를 다시 보는 기분이다.

차이점이 있다면 그는 하이 엘프이고 에릭은 인간이라는 것뿐이다.

최치우는 하이 엘프 제국을 몰락시키며 멸망의 인도자라는 칭호를 받았다.

덕분에 끝없는 환생을 반복하게 됐다.

그래서일까.

에릭 한센의 첫인상이 유독 안 좋은 이유는 전생의 악연을 떠올리게 만들어서일지도.

"겨우 첫 번째 프로젝트, 그것도 고작 1억 달러짜리 성공으로 너무 어깨에 힘이 들어가 있네요. 오늘 일, 반드시 후회하게 될 겁니다."

에릭은 차가운 눈빛으로 최치우를 노려봤다.

최치우는 화를 내지 않고 미소를 머금었다.

"다음 만남을 기대하겠습니다."

그는 먼저 등을 돌리고 나왔다.

에릭처럼 천문학적 거금을 굴리는 인물과 틀어졌으니 귀찮은 일이 생길지도 모른다.

그러나 굳이 마음에 안 드는 사람에게 억지로 잘 보일 필요는 없었다.

최치우는 이제껏 어느 차원의 누구에게도 무릎을 꿇지 않았다.

"어땠습니까?"

그때 임동혁이 다가왔다.

그는 최치우와 에릭 한센이 어떤 대화를 나눴는지 가장 궁금해하는 사람이었다.

에릭에게 잘 보이면 거액의 투자, 또는 사업에 도움이 될 사람들을 소개받는 건 일도 아니기 때문이다.

하지만 최치우는 임동혁의 기대와 다른 대답을 했다.

"돈은 잘 벌지 몰라도 딱히 흥미가 가는 사람은 아니더군요."

"그 말은?"

"다음에 볼 땐 에릭이 나를 어려워하게 될 겁니다."

"아이고."

임동혁은 이마를 짚었다.

그가 기대한 것과는 완전히 다른 결과가 주어졌다.

그러나 금방 표정을 풀었다.

임동혁은 에릭이 얼마나 대단한 사람인지 잘 알지만, 최치우는 더 대단한 괴물이라고 믿었다.

남들은 미쳤다고 할지 모르지만, 정말 다음에는 에릭이 최치우를 어려워하게 될 것 같았다.

뉴욕의 화려한 파티, 그리고 이너서클에 속한 최상류층과의 만남은 최치우에게 또 하나의 동기를 부여했다.

세상을 전부 가졌다고 착각하는 그들에게 다른 방식의 성공으로 크게 한 방 먹여주고 싶었다.

'귀족들 쓸어버리는 게 또 내 전공이지.'

최치우는 어깨의 힘을 풀고 미소를 지었다.

얼굴은 웃지만 피는 뜨겁게 끓고 있었다.

올림푸스의 두 번째 프로젝트에 대한 열망 또한 덩달아 더욱 커질 수밖에 없었다.

최치우의 생각대로 해독제를 만들 수 있다면 뉴욕의 아파트 운운하던 에릭의 큰 코가 납작해질 것이다.

*　　　　*　　　　*

최치우는 한국에 돌아오자마자 길을 나섰다.

여전히 인터뷰 요청은 쏟아졌고, 언론과 대중의 관심은 뜨거웠다.

정부에서도 전략적으로 올림푸스의 성과를 밀어주며 홍보에 힘썼다.

올림푸스가 펜타곤과 기술 제휴를 맺은 것을 현 정부의 외교 안보 성과로 인식시키기 위해서이다.

최치우 입장에서도 딱히 나쁠 게 없었다.

정부의 전폭적인 지지와 홍보는 기업에게 큰 힘이 된다.

정치와 너무 가까워질 필요는 없지만, 활용할 수 있는 자원은 모두 동원하는 게 좋다.

이름값을 약간 빌려주고 정부 권력을 아군으로 만드는 건 남는 장사이다. 물론 그는 정부와 대통령을 100% 신뢰하진 않았다.

직접 만난 대통령은 좋은 사람 같았다.

대외적으로 비치는 이미지도 훌륭한 편이다.

그러나 상황이 바뀌면 정치인은 언제든 얼굴색을 싹 바꿀 수 있다.

최치우는 스물한 살이지만, 이전 차원에서 누구보다 많은 수의 정치인들을 경험해 봤다.

그렇기에 정치인과는 믿음이 아닌 이익으로 거래해야 한다는 걸 잘 알고 있었다.

하지만 지금 만나러 가는 사람과는 조건 없이 신뢰할 수 있는 사이이다.

최치우에게 만독불침이라는 경지를 선물해 준 기인, 산신령 허철후이기 때문이다.

최치우와 허철후는 서로가 서로에게 더없이 소중한 발판이 됐다.

허철후는 마음의 상처를 입고 세상을 떠나 있었다.

그런데 최치우를 만나 다시 심신을 수습하고 자기 삶의 의미를 되찾았다.

최치우도 허철후 덕분에 호령독삼이라는 천고의 독초이자 약초를 얻었고, 만독불침이라는 지고지순한 경지를 이루며 임독양맥까지 한 번에 뚫어냈다.

그러한 과정에서 허철후는 최치우가 가진 엄청난 능력의 일부분을 목격하고 말았다.

원래 비밀을 공유하면 더욱 가까워지는 법이다.

만난 시간은 길지 않지만 세상이 감당할 수 없는 기인이라는 공통점을 가진 두 사람은 서로를 깊이 이해하게 됐다.

최치우는 거듭 사례금을 고사한 허철후에게 기어이 정착금을 안겨줬고, 허철후는 심산유곡을 떠돌며 세상으로 돌아오기 위한 준비를 했다.

그리고 드디어 때가 된 것이다.

꽤 오래 자신을 갈고닦으며 준비를 마친 허철후는 팔도강산의 심마니와 땅꾼들을 호령하던 산신령의 위용을 되찾았다.

최치우는 그의 연락을 받고 세상에 없는 해독제를 만들자는 아이디어를 구상했다.

제약회사도 아닌 올림푸스에서 독보적 해독제를 만드는 건 불가능하다.

아니, 모두가 불가능하다고 생각할 것이다.

하지만 상식의 한계를 초월한 최치우와 허철후가 손을 잡으면 못할 것도 없었다.

최치우는 분명한 비전을 갖고 있었고, 허철후는 그를 뒷받침할 경험과 능력의 소유자였다.

그렇기에 미국 출장을 마치고 돌아온 최치우는 곧바로 인천으로 향한 것이다.

허철후는 지리산이나 설악산이 아닌, 인천 차이나타운 근처에 거처를 마련하고 있었다.

똑똑.

"어르신."

최치우는 허름한 쪽방 문을 두드렸다.

곧이어 안에서 반가운 목소리가 들려왔다.

"자네 왔는가? 얼른 들어오게."

망설이지 않고 문을 연 최치우는 환한 미소를 지을 수밖에 없었다.

오랜만에 만난 허철후는 형형한 안광과 맑은 낯빛으로 최치우를 기다리고 있었다.

거처는 허름하고 초라하지만 허철후에게서 뿜어져 나오는 기세는 전보다 훨씬 밝았다.

길고 긴 은거를 깨뜨린 그가 산신령의 본모습을 회복한 게 분명했다.

"오랜만에 보니 이리 반가울 수가 없네."

"저도 그렇습니다."

"내 예상대로 자네 아주 대단한 사람이 됐더구만. 하긴, 호령독삼을 다스린 사람이 뭔들 못하겠는가."

허철후가 인자한 미소를 지었다.

그는 최치우가 이룩한 혁혁한 성과에도 크게 놀라지 않았다.

술을 물로 만들고 호령독삼의 기운을 모조리 흡수한 걸 봤기 때문이다.

허철후의 시각에서 최치우는 하늘이 내린 인물이었다.

그러니 올림푸스를 세우고 펜타곤과 기술 제휴를 맺었다 한들 담담하게 받아들이는 것이다.

사실 허철후의 관심은 다른 데 있었다.

최치우에게 다시 연락을 한 날, 그는 아주 흥미로운 이야기를 들었다.

이 세상에서 유일하게 만독불침을 이룬 최치우만이 할 수 있는 제안이었다.

"그런데 말이네……. 역사에 길이 남을 해독제를 만들자는 이야기가 진심인가?"

허철후가 참지 못하고 곧장 본론을 꺼냈다.

오랜 세월 세상을 등지고 있었으니 그만큼 하고픈 일이 많을 것이다.

특히 최치우의 제안은 산신령 허철후의 심장을 뛰게 만들기에 충분했다.

최치우는 미소를 지으며 고개를 끄덕였다.

그는 깊이를 헤아릴 수 없는 검은 눈동자로 허철후를 쳐다보며 말했다.

"진심입니다. 그리고… 반드시 만들어낼 겁니다."

9장

사천당문의 해독제

　무림의 이름 없는 낭인으로 환생해서 천하제일검 절세신룡이 되기까지 최치우는 온갖 경험을 다 할 수밖에 없었다.

　강호는 절대 낭만적인 곳이 아니었다.

　정정당당하게 칼을 겨루는 비무는 가뭄에 콩 나듯 있는 이벤트였다.

　상대를 죽이기 위해, 또는 살아남기 위해 비겁한 수를 밥 먹듯 쓰는 게 강호무림의 본모습이었다.

　특히 정파무림과 마교의 전쟁이 발발하면서 이전에 없던 암수가 버젓이 쓰이기 시작했다.

　난세(亂世)라고밖에 설명할 길이 없었다.

　그러나 난세를 반기는 이들도 존재했다.

사천당문은 무림에 찾아온 난세를 가장 적극적으로 이용한 세력이었다.

그들은 남부럽지 않은 힘을 가졌지만 언제나 오대세가에 들지 못했다.

검도창(劍刀槍)이 아닌 독과 암기를 주로 쓰는 게 정파무림의 위상에 걸맞지 않다고 여겨졌기 때문이다.

하지만 마교와의 전쟁 이후 모든 게 달라졌다.

멸문지화의 위기에 몰린 무림문파와 세가들은 이것저것 가리지 않았다.

도의나 체면을 따질 여유가 사라진 것이다.

그들은 강력한 독과 암기를 지닌 사천당문에 손을 내밀었고, 자연스레 당문의 입지는 오대세가를 능가하게 됐다.

덕분에 무림에서는 피바람이 끊이지 않았다.

마교를 막는다는 명분으로 금기시되던 독과 암기의 사용이 완전히 풀린 탓이다.

무림에서 이태민이란 이름으로 활동하던 최치우도 사천당문 때문에 여러 번 곤경에 처했다.

만독불침을 이루기 전에는 늘 당문에서 만든 절독을 조심해야 했다.

무색무취의 독에 중독되면 허무하게 목숨을 잃을지 모른다.

결국 참다못한 이태민은 사천으로 쳐들어갔다.

당문의 가주를 만나 결판을 짓기 위해서였다.

차원은 다르지만 이태민이 당문의 대문을 열어젖히고 사자후를 토해낸 것은 여전히 무림의 전설로 남아 있다.

"마교보다 당문의 독이 더 거슬린다! 사천당문은 이 자리에서 해독제를 내놓던가, 아니면 예전처럼 독을 봉인하라!"

천하제일검 이태민의 호령은 당문의 자존심을 긁었다.

이미 재미를 본 그들이 예전처럼 독을 꽁꽁 봉인할 리 없었다.

그렇다고 정파의 희망으로 떠오른 이태민과 죽기 살기로 싸우기도 힘들었다.

잠시 고심하던 당문의 가주는 이태민에게 비무를 제안했다.

비무라기보다는 일방적인 시험에 가까웠다.

당문의 가주만 익힐 수 있는 최고 절기인 만천화우(滿天花雨)를 막아내면 대대로 내려오는 해독제와 제조법을 조건 없이 내어준다.

대신 만천화우를 파훼하지 못하면 절세신룡 이태민은 앞으로 당문의 일에 개입하지 않는다.

복잡하게 머리 굴릴 필요 없는 제안이었고, 이태민은 시험을 수락했다.

갑작스러운 비무에 사천당문의 모든 식솔이 숨을 죽였다.

만천화우는 사천당문 최후의 절기이다.

만약 이태민에 의해 만천화우가 파훼되면 사천당문의 현판이 땅에 떨어지는 것이나 다름없었다.

물론 가주에게는 믿는 구석이 있었다.

한 번에 수백 개의 암기를 흩뿌리는 만천화우는 펼치기까지 시간이 오래 걸린다.

그렇기에 웬만해서는 한 사람에게 집중해서 펼치기 힘든 무공이다.

그러나 지금처럼 충분한 시간과 여유가 주어지면 단언하건대 천하제일검이나 천마라고 해도 만천화우를 파훼하긴 힘들 거라 자신했다.

당문의 가주는 이태민이 죽지는 않겠지만 피를 철철 흘리며 무릎을 꿇을 거라고 생각했다.

그리 되면 사천당문의 자존심은 하늘을 찌르게 되고, 무림에서의 영향력 또한 더없이 강해져 오대세가를 발아래 둘 수 있다.

정파무림의 소중한 자산인 이태민은 정성스레 치료해서 회복시키면 된다.

'감히 본가의 터전에서 오만방자하게 목소리를 높인 대가를 치르게 해주마.'

당문의 가주가 회심의 미소를 지었다.

곧이어 그가 전력을 다해 만천화우를 펼쳤다.

하늘 위로 각양각색의 수백 개나 되는 암기가 떠올랐고, 꽃비가 내리는 암기의 폭풍이 이태민에게 몰아쳤다.

채채채채챙—!

빽빽하게 뒤덮인 암기의 빗속에서 이태민이 어떻게 대처하는

지 누구도 볼 수 없었다.

그저 쇠붙이가 부딪치는 소리만이 쉴 새 없이 울리며 고막을 때릴 뿐이었다.

쏴아아아!

그리 오랜 시간이 걸리진 않았다.

영원 같던 찰나가 저물고, 하늘을 가득 채운 암기의 꽃이 모조리 땅에 떨어졌다.

"……!"

자존심 높은 사천당문의 식솔들은 모두 말을 잃었다.

누구 하나 목소리를 내는 사람이 없었다.

직접 만천화우를 펼친 당문의 가주는 창백해진 안색으로 식은땀을 줄줄 흘렸다.

그는 손속에 사정을 두지 않았다.

있는 힘껏 내공을 운용해 당문 최후의 절기를 펼친 것이다.

그럼에도 불구하고 하늘을 가득 채운 꽃비는 이태민의 털끝 하나 건드리지 못했다.

이태민은 거친 숨을 몰아쉬며 사나운 눈빛을 뿌리고 있었다.

한 자루 검으로 수백 개의 암기 폭풍을 찢어발긴 것이다.

"어때? 당문의 가주라면 약속을 지키겠지?"

이태민은 씨익 미소를 지으며 말했다.

그 역시 만천화우를 막아내느라 막대한 내력을 소모했지만,

여전히 검을 휘두를 힘은 남아 있었다.

반면 당문의 가주는 탈진 직전의 상태였다.

여기서 사천당문의 식솔을 모조리 동원하면 이태민을 쓰러뜨릴 수 있을지도 모른다.

하지만 그래봐야 당문이 얻을 수 있는 게 아무것도 없다.

명분과 명예를 잃고 애꿎은 식솔들의 목숨도 숱하게 잃게 될 것이다.

종내에는 정파무림에서 퇴출당해 사파로 낙인찍힐 게 뻔했다.

가주는 끝내 고개를 떨궜다.

수모를 감내하고 약속을 지키는 수밖에 없었다.

당문의 독을 다시 봉인할 수는 없으니 가문의 비법인 해독제 제조법을 알려줘야만 했다.

"가주전으로 들어오시오, 절세신룡."

"역시 당문의 명성이 헛되지 않았군. 위로가 될지 모르겠지만 만천화우는 까다로웠어."

"크흠."

이태민의 위로는 당문의 자존심을 더욱 후벼 팔 따름이었다.

그러나 패자는 말이 없다.

절세신룡 이태민은 사천당문의 본가에서 만천화우를 파훼하고 그 대가로 현존하는 최고의 해독제와 제조법을 얻게 됐다.

그는 머지않아 만독불침을 이루며 해독제가 필요 없게 됐지만, 단신으로 사천당문을 제압한 일화는 무림이 존재하는 한 영원히 회자될 전설로 남았다.

                    *   *   *

'인생에서 버릴 경험은 하나도 없어. 단 하나도.'

최치우는 무림에서의 기억을 떠올렸다.

절세신룡 이태민으로 살아가던 시절, 사천당문의 해독제 제조법을 얻은 게 단서가 됐다.

이제껏 최치우가 살던 모든 차원을 통틀어 독과 약초를 다루는 데 사천당문보다 뛰어난 곳은 없었다.

그들의 비밀스러운 해독제 제조법은 어디에서나 통할 것이다.

게다가 산신령 허철후라는 믿음직한 조력자도 구했다.

현대에서도 충분히 사천당문의 해독제를 재현할 수 있을 것 같았다.

"전부 모였습니다."

그때 이시환의 목소리가 최치우의 상념을 깨웠다.

인천에서 허철후를 만나고 돌아온 최치우는 회의를 소집했다.

올림푸스에 합류한 이시환과 백승수도 함께 자리했다.

두 사람은 사적으로는 최치우의 대학교와 미래에너지 탐사

대 선배이다.

하지만 회사 안에서는 철저하게 서열을 지키며 공사를 구분했다.

쾌활한 성격의 이시환도 실수하지 않기 위해 사내에서는 무조건 존댓말을 사용했다.

최치우는 회의실 원탁에 둘러앉은 사람들을 바라보며 미소를 지었다.

임동혁과 이시환, 백승수.

세 명에 불과하지만 확실하게 믿을 수 있는 일당백의 용사들이다.

각자의 캐릭터와 장점도 뚜렷하게 다르다.

임동혁은 재력과 배경을 바탕으로 엄청난 인맥을 보유하고 있다.

뿐만 아니라 그의 과감한 성격과 대기업을 운영해 본 경험은 올림푸스에 꼭 필요했다.

이시환은 쾌활한 행동파로 어려운 일에 앞장서는 걸 마다하지 않았다.

올림푸스가 불가능해 보이는 프로젝트를 수행할 때 이시환은 언제나 선봉에 설 것이다.

백승수는 전형적인 학구파로 누구보다 성실하게 연구와 조사를 진행할 사람이다.

개성 넘치는 올림푸스 멤버들을 뒤에서 묵묵히 지원하며 무게중심을 잡을 것이다.

이 자리에 없는 김도현 교수까지 최치우가 구상한 올림푸스의 정예 멤버들은 억만금과도 바꿀 수 없었다.

올림푸스는 또 다른 직원들을 뽑으며 회사의 기틀을 갖추고 있었다.

그러나 최치우가 올림푸스를 설립한 창업 정신을 공유하며 험로를 개척할 동지는 극소수일 수밖에 없다.

오늘 회의에 참석한 세 사람은 직원이 아닌 동지인 것이다.

최치우는 다른 차원에서 헌터 길드를 만들던 기분을 느꼈다.

그때도 시작은 미약했지만 끝은 창대했다.

올림푸스는 이미 성공적으로 첫발을 내디뎠다.

세상의 주목을 받았기에 더더욱 위대한 결과를 함께 볼 수 있을 것이다.

"이렇게 모이니 조금 낯설긴 한데, 그래도 회의를 시작해 보죠."

최치우는 얼굴에 떠오른 미소를 지웠다.

일을 할 때는 누구보다 철저하게 집중해야 한다.

회의 주제는 다름 아닌 올림푸스의 두 번째 프로젝트였다.

"임동혁 본부장님, 아니, 올림푸스의 직책대로 이사님이라고 하죠. 임 이사님이 첫 번째 프로젝트의 진행 상황을 간단히 정리해 주시면 좋겠습니다."

최치우의 지목을 받은 임동혁은 기다렸다는 듯 말을 쏟아냈다.

"펜타곤과는 세부 계약까지 마무리됐습니다. 지속적으로 보고서를 받고 필요 시 우리가 펜타곤을 방문해 신기술 개발 과정을 체크할 수 있도록 기술 제휴를 매듭지었습니다. 그리고 1억 달러 역시 올림푸스의 법인 계좌로 이체가 완료됐습니다."

확실히 미국 국방부답게 일 처리가 빠르고 정확했다.

보장된 돈을 다 받았고, 기술 제휴도 매끄럽게 이어질 것처럼 보였다.

현재 단계에서 더 이상 펜타곤에 신경 쓰지 않아도 된다는 뜻이다.

"펜타곤에서 미쓰릴을 이용해 특별한 성과를 낼 때까지는 큰 이슈가 없겠군요. 그럼 가벼운 마음으로 두 번째 프로젝트에 집중할 수 있겠습니다."

임동혁과 이시환, 백승수는 기대감을 숨기지 못했다.

다들 최치우가 구상하는 두 번째 프로젝트에 대해 약간의 언질은 받았다.

하지만 구체적인 내용을 접하진 못했다.

오늘 회의에서 드디어 그 실체가 공개되는 것이다.

최치우는 세 사람의 얼굴을 돌아보며 말을 이어갔다.

"미리 말한 것처럼 우리의 두 번째 프로젝트는 해독제입니다. 저희가 제약회사도 아닌데 무슨 해독제냐고 생각할 수 있습니다. 그러나 올림푸스는 세상을 바꾸는 회사입니다. 그렇죠?"

처음에는 두 번째 프로젝트를 미심쩍게 여기던 임동혁도 고개를 끄덕였다.

최치우가 이 정도로 뚝심 있게 밀어붙이는 걸 보면 분명한 로드맵이 있는 것이다.

"전 세계의 부호들은 언제 어디서 독에 당할지 모릅니다. 그리고 가난한 국가의 사람들은 오염된 물로 인해 매일 중독의 위험을 감수하고 있습니다. 우리가 만들 해독제는 부호들에게 아주 비싼 값으로 팔리고, 가난한 지역에는 무상으로 제공될 겁니다."

최치우는 벌써부터 두 번째 프로젝트의 결과물이 어떤 식으로 세상을 바꿀지 상상하고 있었다.

그의 말대로 될 수만 있다면 정말 엄청난 일이다.

하지만 문제는 역시 현실성이었다.

최치우는 기대와 의문을 동시에 품은 올림푸스 멤버들에게 설명을 계속했다.

"우리가 흔히 생각하는 해독제는 독성을 중화시키는 약입니다. 근본적인 치료를 가능케 하는 약은 만들기도 어렵고 만들어봤자 특정한 독에만 해독 효과를 낼 수 있습니다."

"그래서 세계적인 제약회사들도 획기적인 해독제를 만들지 못하는……."

백승수가 말끝을 흐렸다.

자연스레 의견을 이야기했는데 본의 아니게 초를 친 기분이 들었기 때문이다.

그러나 최치우는 전혀 개의치 않았다.

그는 고개를 끄덕이며 백승수의 말을 받았다.

"맞습니다. 그래서 우린 전혀 다른 차원의 해독제를 만들 겁니다. 정확히 말하면 독을 중화시키는 게 아니라 독성이 퍼지는 걸 억제하는 약입니다."

"억제요?"

완전히 다른 개념에 세 사람의 동공이 커졌다.

최치우는 사천당문의 해독제를 떠올리며 확신에 찬 목소리로 대답했다.

"다들 지적한 것처럼 우리가 제약회사나 병원은 아닌 게 맞습니다. 현대의학은 놀라울 정도로 발달했죠. 그렇기에 급성 중독을 억제하고 병원까지 갈 수 있는 시간을 벌어준다면… 그것만으로도 생존율은 엄청나게 높아질 겁니다."

사천당문의 해독제는 혈도를 일시적으로 마비시켜 독 기운이 돌아다니지 못하게 만드는 약이었다.

아무리 위험한 극독이라도 전신으로 퍼지지 않으면 해결책이 생긴다.

운기조식에 들어가 강력한 내공으로 독성을 태워 버리면 되기 때문이다.

보통 독은 온몸을 헤집고 돌아다니며 손을 쓸 수 없게 만든다.

사천당문의 해독제는 그러한 독의 특성을 제어하는 데 초점을 맞췄다.

최치우가 구상한 해독제의 원리도 마찬가지였다.

현대인들은 독 기운을 태우는 내공은 없지만, 한층 발달한 의학을 가지고 있다.

독이 온몸에 퍼지지 않은 상태에서 충분한 시간이 주어지면 최소한의 피해로 치료를 할 수 있다.

해독제에 대한 개념을 바꾼 그의 아이디어는 임동혁과 이시환, 백승수에게 충격을 안겨줬다.

게다가 최치우는 이미 해독제를 만드는 방법도 알고 있었다.

시행착오를 줄이기 위해 산신령 허철후가 바쁘게 움직이는 중이다.

두 번째 프로젝트가 성공하면 에릭 한센 같은 거물들은 너도나도 해독제를 구입할 게 뻔했다.

중독의 위험으로부터 목숨을 구할 수 있는 획기적인 방법이기 때문이다.

최치우는 에릭을 다시 만나길 고대했다.

그의 품에 올림푸스의 해독제가 들어 있는 날이 올 것이다.

그때가 되면 에릭도 올림푸스가 단순한 돈벌이를 넘어 세상을 바꾸는 기업이란 걸 인정할 수밖에 없을 터이다.

'보여주지.'

최치우는 자신만의 방식으로 이 세계의 정점으로 나아가고 있었다.

*   *   *

사천당문의 해독제는 약이 아니다.

만드는 재료부터 약과는 거리가 멀었다.

해독제에는 약초보다는 독초가 더 많이 섞여 있었다.

해독을 위해 쓰일 뿐 실제로는 몸 내부를 마비시키는 독약에 가까웠다.

혈도를 일시적으로 닫고 기의 흐름을 차단하는 게 쉬울 리 없다.

순간적으로 온몸의 기를 마비시킬 정도의 독성을 지녀야 한다.

그러면서 큰 부작용을 남기지 않아야 하니 독의 종주 사천당문이 아니면 누구도 만들 수 없는 것이다.

최치우는 이전 차원에서 얻어낸 제조법을 현대에 맞게 적용하려 했다.

무림에서 구할 수 있던 재료를 100% 똑같이 사용하긴 어렵다.

무림과 현대의 환경이 다르기에 몇몇 약초와 독초는 아예 존재하지 않는다.

어떤 독초는 구할 수 있지만 가격이 너무 비싸고 수량이 적어 쓰기 힘들었다.

그렇기에 산신령 허철후의 도움이 필요했다.

허철후는 최치우로부터 사천당문의 해독제 제조법을 받았다.

그는 먼저 제조법에 나열된 약초와 독초 중에서 구할 수 없는 것들을 제외시켰다.

다음 순서는 제외시킨 약초와 독초의 대안을 찾는 것이다.

허철후는 이미 대안을 찾는 작업에 돌입했다.

최대한 비슷한 성질의 약초와 독초를 찾기 시작했고, 이왕이면 가격이 저렴하고 구하기 쉬운 것을 우선순위에 올렸다.

여러 차례 시행착오를 거쳐야겠지만, 결코 불가능한 일은 아니었다.

완벽한 제조법이 있고, 대안을 찾아낼 최고의 약초꾼 허철후가 전력을 다하는 중이다.

성공적인 샘플이 나오기만 하면 전 세계 해독제의 패러다임이 바뀌게 될 것이다.

최치우는 해독제 개발이 시간문제라 믿었다.

근거 없는 오만함이 아니다.

이미 과거에 경험한 것을 현대에 재현하기만 하면 된다.

아니나 다를까.

허철후는 최치우와 인천에서 만난 지 2주 만에 다시 연락해 왔다.

자존심 높기로 둘째가라면 서러운 허철후가 그냥 전화할 리 없었다.

어느 정도 눈에 보이는 성과가 있다는 뜻이다.

최치우는 이시환을 데리고 인천으로 움직였다.

임동혁은 제약 관련 법안과 규제를 검토했고, 백승수는 각국의 해독제 유형을 분석했다.

다들 각자의 역할을 충실히 수행하고 있었다.

미쓰릴을 발굴하고 펜타곤과 기술 제휴를 성공시킨 영광에 취한 사람은 한 명도 없었다.

최치우가 그렇게 물렁한 분위기를 용납할 리 없고, 임동혁도 아랫사람들이 보기엔 결코 만만한 인물이 아니었다.

새롭게 올림푸스에 합류한 다른 직원들도 정신을 바짝 차리고 일에 열중했다.

최치우는 가치를 증명하는 직원에겐 최고의 대우를 약속했지만, 함께할 이유가 없는 사람과는 오래 일하지 않겠다고 선포했다.

서로 맞지 않으면 일찍 헤어지는 게 피차 이득이다.

그렇기에 직원들은 나름대로 눈에 불을 켤 수밖에 없었던 것이다.

뜨뜻미지근하게 자리나 보전하려는 사람은 올림푸스와 어울리지 않았다.

하늘을 뚫을 듯 날아가는 로켓에 올라타려면 인생을 걸 각오가 돼 있어야 했다.

물론 그만큼의 보상이 주어져야 하는 것은 당연한 이야기다.

그런 측면에서 이시환은 동기부여로 펄펄 끓고 있었다.

보통 직원이 아닌 핵심 멤버 대우를 받지만, 아직까지는 자신의 가치를 증명한 적이 없다.

때문에 하루빨리 최치우와 임동혁에게 스스로의 능력을 보여주려 했다.

"이런 곳에 우리나라 최고의 약초꾼이 있다는 말인가요?"

허철후의 거처 가까이 도착한 이시환이 의아한 얼굴로 물었다.

최치우는 웃으며 고개를 끄덕였다.

"여기 맞아. 그리고 우리끼리 있을 땐 말 편하게 해, 시환이 형."

"그래? 나야 좋지!"

이시환이 환하게 웃었다.

회사에서는 깍듯하게 공과 사를 지키는 게 맞지만, 굳이 밖에서도 격식을 차릴 필요는 없었다.

업무 시간이라 해도 둘이 있을 때는 편한 형, 동생이고 싶었다.

말을 놓는다고 해서 이시환이 실수를 할 사람도 아니다.

최치우는 기분 좋게 웃으며 허철후가 머물고 있는 방문을 두드렸다.

똑똑똑.

"어르신, 저 왔습니다."

허철후를 부르는 최치우의 말투는 사뭇 공손했다.

그는 약초로 일가를 이룬 허철후를 진심으로 존중하고 있었다.

덕분에 만독불침까지 이뤘으니 고마운 마음을 갖는 게 마땅했다.

최치우는 은혜와 원수 모두 절대 잊지 않는 사람이기 때문이다.

"들어오게나."

마치 2주 전처럼 허철후의 목소리가 울렸다.

문을 열고 거처로 들어선 최치우는 이시환부터 소개했다.

"어르신, 이쪽은 이시환이라고 합니다. 올림푸스의 새로운 직원이고 사적으로는 제 대학 선배입니다."

"그런가? 인상이 밝고 동공이 맑은 게 기운이 좋구만. 우리 최 대표에게 큰 힘이 되어주게."

허철후가 이시환을 바라보며 덕담을 했다.

아무렇게나 막 던진 말이 아니었다.

평생 산을 타며 공력을 쌓은 허철후는 관상에 대해서도 일가견이 있었다.

이시환은 특유의 친화력을 발휘하며 분위기를 밝게 만들었다.

"여부가 있겠습니까. 저도 치우… 우리 최 대표님께 말씀 많이 들었습니다. 잘 부탁드리겠습니다, 산신령 어르신."

"벌써 내 별명도 아는가?"

"직접 뵙고 나니 별명이 아주 잘 어울리십니다. 하하하!"

"허허허, 거참, 능글맞은 친구로고."

허철후는 싫지 않은 기색으로 웃음을 터뜨렸다.

최치우는 둘의 모습을 지켜보며 뿌듯함을 느꼈다.

바로 이런 게 이시환이 가진 특별한 능력이다.

처음 만난 사람을 무장해제시키고 좋은 인상을 남기는 건 결코 사소한 능력이 아니었다.

7번의 환생을 거듭한 최치우도, 세상 부러울 게 없는 임동혁도 갖지 못한 재능이다.

최치우의 기대대로 이시환은 올림푸스의 선봉대 역할을 톡톡히 해낼 것이다.

"오랜만에 웃었으니 자네들을 인천까지 부른 이유를 말해야겠지?"

허철후는 재촉하지 않아도 알아서 본론을 꺼낼 태세다.

그와 최치우는 시간 낭비를 좋아하지 않는다는 공통점이 있었다.

그래서 만만치 않은 나이 차이에도 불구하고 서로 잘 통하는지 모른다.

"자네가 구해준 제조법은 나로서는 생각도 못 해본 것이었네. 그런 식으로 약초와 독초를 배합할 수 있다니……. 아주 놀라워. 게다가 이름만 들었지 평생 한 번도 못 본 풀이 섞여 있고 말이네."

사천당문의 해독제 제조법은 세간의 상식을 뛰어넘은 파격을 담고 있었다. 아무나 만들 수 있다면 결코 당문의 비기(秘技)가 될 수 없었을 것이다.

또 현대에서 구할 수 없는 재료도 있어 허철후를 충격에 빠 뜨렸다.

산신령이라는 별명까지 얻은 그가 한 번도 못 본 약초와 독초의 이름을 최치우가 알고 있다는 게 놀라울 수밖에 없었다.

그래서일까.

허철후는 더욱 의욕적으로 사천당문의 제조법을 재현하기 위해 노력했다.

쉽게 할 수 있는 일이라면 산신령의 의욕을 자극하기 힘들다.

호령독삼을 구해 만독불침에 도전하는 것, 그리고 전무후무한 제조법으로 완전히 새로운 개념의 해독제를 만드는 것.

최치우는 매번 극한의 난도를 지닌 미션을 들고 찾아왔다.

오히려 그렇기 때문에 산신령 허철후의 마음을 움직일 수 있었다.

"무척 어려운 일이라는 점, 잘 알고 있습니다."

최치우가 입을 열었다.

전 차원을 통틀어 독을 가장 잘 다루는 사천당문의 해독제다.

제조법이 있지만 재료를 바꿔 현대에 적합하게 만드는 일은 아무나 할 수 없다.

아니, 산신령 허철후가 못 하면 그 누구도 못 한다고 봐야 한다.

최치우는 허철후에게 압박을 줄 생각이 전혀 없었다.

올림푸스의 자금은 넉넉하고, 해독제 프로젝트에 얼마의 시간과 돈이 들어도 상관없었다.

만약 예상보다 기간이 늘어나면 다른 프로젝트를 동시에 추진해도 된다.

최치우는 기대감을 갖고 인천에 왔지만, 허철후가 어떤 대답을 해도 실망하지 않으려 마음먹었다.

그러나 허철후는 과연 산신령이라는 별명이 아깝지 않은 기인이었다.

그가 슬며시 웃으며 말했다.

"처음에는 난공불락의 요새를 만난 기분이었지만… 자네 보기에 부끄럽지 않을 것 같네."

"그 말씀은……."

"나도 확신할 수는 없네. 아직 사람에게 시험해 보지 못했으니. 하나 자네가 준 제조법에서 구할 수 없는 약초와 독초를 적절하게 대체해 봤다네."

사천당문의 해독제는 강력한 마비약이다.

당연히 함부로 임상 실험을 해볼 수 없었다.

하지만 허철후가 대충 아무 재료나 찾아서 해독제를 재현했다고 말하진 않을 것이다.

나름대로 각고의 노력 끝에 산신령이라는 이름이 부끄럽지 않을 만한 결과를 얻은 게 분명했다.

최치우는 허철후의 손을 덥석 잡았다.

"어르신, 역시 이번에도 해내실 줄 알았습니다."

"정말로 해낸 것인지는 시험을 해봐야 알겠지만… 제조법에 들어간 약초와 독초의 성분을 최대한 가깝게 따라가려 노력했네. 대신 처음 생각한 것보다 재료의 가격이 올라갈 수밖에 없었지."

"그렇군요. 수급에는 문제가 없습니까?"

"구하기 어렵거나 희소한 재료는 아니었네. 간단하게 설명하자면 말일세."

허철후가 잠시 말을 끊고 목을 축였다.

생수 한 컵을 벌컥벌컥 한 번에 들이마신 그가 다시 입을 열었다.

"강력한 마비 효과를 내는 귀망초는 유엽초와 작약근으로 대신했네. 심장에 무리를 덜 주는 것들이지. 또 기혈의 흐름을 끊는 데 쓰이는 납성골역초는 가격은 비싸되 구하기 쉬운 녹용으로 대체하면 될 것 같네. 여기 보면……."

그는 수십 차례 썼다 지운 흔적이 남아 있는 종이를 보여줬다.

최치우가 건네준 제조법을 두고 얼마나 깊이 고민했는지 알수 있었다.

밤을 지새우며 머리를 쥐어짜 낸 결과 지금처럼 신나게 설명을 할 수 있게 된 것이다.

최치우는 솔직히 말해 허철후가 언급한 약초 전부를 알진 못했다.

그러나 허철후의 선택을 신뢰했다.

산신령 허철후를 믿지 못한다면 처음부터 시작할 수 없는 프로젝트였다.

"어르신이 새로 만든 제조법대로 해독제를 완성시키겠습니다. 그리고 몇 번의 테스트와 임상 실험을 거쳐야겠죠."

"그때까지 잠도 제대로 못 자겠구만."

"최대한 빨리 성공 여부를 알려 드릴 테니 푹 쉬고 계세요. 그동안 고생 많으셨습니다."

"내가 무슨 고생인가. 혹여나 이 해독제가 세상을 이롭게 한다면 그저 영광인 게지."

허철후는 해독제의 특허나 수익 등에는 어떤 관심도 보이지 않았다.

애당초 세상에 대한 죄책감으로 은거한 사람이다.

물론 최치우는 그에게 거액의 보답을 할 계획이지만, 아마 허철후는 돈을 받지 않거나 좋은 일에 기부할 확률이 높았다.

'아무리 그래도 거처는 다른 곳으로 옮겨 드려야겠어. 약초를 연구하기 좋은 장소로.'

최치우는 결심을 굳히고 자리에서 일어섰다.

어차피 당장 말해봐야 허철후는 듣지 않을 것이다.

시간을 두고 천천히 설득하며 허철후에게 좋은 환경을 제공해 줄 작정이다.

"다시 뵐 때는 해독제를 들고 오겠습니다."

"그럼세. 꼭 그래야지."

짧고 굵은 만남이 끝났다.

이시환도 최치우를 따라 일어나 허철후에게 허리를 꾸벅 숙였다.

"자주 인사드리겠습니다, 어르신."

"그래, 밝은 친구. 자네도 잘 가게."

훈훈한 공기가 좁은 방 안을 가득 채웠다.

서로가 서로를 믿는다는 것, 신뢰라는 단어가 만들어낸 분위기다.

최치우는 신뢰의 힘이 얼마나 큰 것인지, 동료의 존재가 얼마나 든든한 것인지 현대에서 처음 배웠다.

허철후를 만나고 이시환과 함께 돌아오는 길, 최치우는 세상 그 누구도 부럽지 않았다.

머지않아 현대의 지구, 그것도 대한민국에서 사천당문의 해독제가 부활하게 될 것이다.

무림을 독으로 호령한 당문의 해독제는 지구의 부호들에게는 값비싼 필수품이 되고, 가난한 분쟁 지역 주민들에게는 생명의 동아줄로 여겨질 것이다.

신들의 세계라는 뜻을 가진 올림푸스는 또 한 번 인간계를 들썩이게 할 준비가 됐다.

최치우는 무림과 아슬란 대륙뿐 아니라 자신이 경험한 모든 차원의 지식을 아낌없이 퍼부어 현대의 인류를 인도하고 있었다.

뉴욕에서 세상을 발아래 내려다보는 오만한 거물들도 곧 최치우 앞에서 머리를 숙이게 될지 모른다.

　아니, 최치우는 반드시 그렇게 만들 것 같았다.

10장

왕관의 무게

　일반적인 제약회사에서는 신약을 개발하는 데 짧게는 3년, 길게는 10년 이상까지도 투자한다.

　개발 과정의 어려움도 있지만, 임상 실험에 돌입하기까지 넘어야 할 과제가 무수히 많기 때문이다.

　테스트 과정에서 약간의 위험성만 보여도 임상 실험을 할 수 없다.

　실험 대상자인 사람이 잘못되기라도 하면 제약회사의 주가는 지하까지 떨어질 것이다.

　그렇기에 임상 실험 전 단계에서 심혈에 심혈을 기울이느라 속도가 느려지는 게 당연했다.

　하지만 올림푸스는 처한 상황이 달랐다.

부작용을 걱정할 필요 없는 완벽한 임상 실험 대상이 있기 때문이다.

그는 다름 아닌 최치우였다.

호령독삼을 복용하고 만독불침의 경지를 이룬 최치우는 전 세계 모든 제약회사가 탐낼 실험체였다.

아무리 위험한 약을 실험해도 부작용을 걱정할 필요가 없었다.

만독불침이라도 독을 먹으면 일시적으로 타격을 입는다.

하지만 혈도를 타고 흐르는 더욱 강한 독기(毒氣)가 외부에서 침입한 독을 잡아먹는다.

그렇기에 금방 해독이 되고 멀쩡해지는 것이다.

만독불침은 곧 이독제독(以毒制毒)이 궁극에 이른 경지라고 생각하면 된다.

최치우는 스스로를 실험 대상으로 삼아 테스트 기간을 획기적으로 단축시킬 작정이다.

물론 임상 실험 이전에 반드시 거쳐야 할 과정은 남아 있다.

허철후의 제조법을 토대로 대량생산이 가능한 시스템을 만들어야 한다.

또 해독제의 변질을 막는 유통기한 파악 등 당면한 테스트 과제들이 적지 않았다.

그런 부분은 기존의 제약회사와 MOU를 체결하고 진행하면 된다.

가장 큰 문제는 역시 임상 실험 돌입의 안전성이다.

MOU를 맺은 제약회사에서 이전 단계까지 완료하면 올림푸스는 최치우를 믿고 곧바로 임상 실험에 들어갈 것이다.

"대단한 자기희생이죠? 대표가 직접 실험체가 되겠다고 나서는 회사라니."

최치우가 웃음기 어린 얼굴로 농담을 던졌다.

그가 실험체가 될 거라는 사실은 올림푸스 내부에서도 극비 사항이다.

만독불침이라는 걸 어떻게 말할 수 있겠는가.

심지어 이시환과 백승수도 모르는 일이다.

허철후를 제외하면 임동혁과 김도현 교수만 어렴풋이 사실을 알고 있을 뿐이다.

두 사람도 만독불침이 무엇인지는 상상하지 못한다.

다만 독도 개발에서부터 최치우의 기이한 능력을 경험했기에 머리로는 이해할 수 없어도 그저 믿고 받아들이는 것이다.

"그러게 말입니다. 뉴스에 나오면 오너 리스크로 올림푸스 기업 가치가 휘청거리겠습니다. 최치우 대표, 해독제 개발 기간을 단축하기 위해 스스로 임상 실험 대상이 되다."

임동혁이 입꼬리를 말아 올리며 고개를 끄덕였다.

그러고 보면 지구에서 최치우에 대해 가장 많이 알고 있는 사람이 바로 임동혁이다.

그는 최치우가 인정한 진짜 미친놈답게 임상 실험 계획을 만류하지 않았다.

위험하다며 걱정하는 척이라도 할 줄 알았는데 오히려 웃으며 박수를 쳤다.

때로는 둘도 없는 친구, 때로는 살벌한 앙숙으로 변하는 올림푸스의 대표와 이사는 함께 강남에 나왔다.

두 사람은 강남 수입차 거리의 전시장 VIP룸에서 딜러를 기다리고 있었다.

최치우도 편하고 빠른 이동을 위해 차의 필요성을 느끼게 되었다.

그리고 임동혁 역시 예전부터 공언해 왔듯 최치우와 함께 자동차를 고르러 따라나선 것이다.

사실 최치우는 차에 큰 관심이 없었다.

대부분의 남자들이 자동차를 취미로 두는 것과는 딴판이었다.

최치우는 이전 차원에서 전설적인 명마(名馬)를 여럿 소유했다.

몸속에 뜨거운 피가 흐르고 근육이 터질 듯 박동 치는 명마에 비해 단순히 기계 덩어리로밖에 보이지 않는 차는 최치우에게 큰 매력으로 다가오지 않았다.

게다가 기계화 군단의 엔지니어로 전투 로봇을 조종한 적도 있다.

고도의 전투 로봇과 호흡하던 그에게 현대의 자동차는 아무리 빠르고 좋아도 너무 단순한 기계였다.

그런 최치우의 마음을 알 리 없는 임동혁은 자기가 더 신이

났다.

그는 재벌 2세다웠다.

그의 차고에는 이미 여러 대의 슈퍼카가 당당하게 자리잡고 있었다.

한때는 슈퍼카를 타고 위험한 레이스를 즐기기도 했다.

하지만 인천공항 고속도로에서 폭주족으로 경찰에 입건된 이후 아버지인 한영그룹 회장에게 죽기 직전까지 두들겨 맞았다.

그 이후 자동차에 시들해졌는데, 최치우라는 새로운 대상이 나타난 것이다.

임동혁은 벌써 최치우와 함께 슈퍼카를 타고 도로를 질주하는 상상을 했다.

그러나 최치우는 임동혁의 차오른 기대를 충족시켜 주지 않았다.

"기다려 주셔서 감사합니다. 저희 브랜드의 대표 모델 카탈로그입니다."

VIP룸 문이 열리고 딜러가 들어왔다.

그가 건넨 카탈로그 안에는 최소 3억 이상의 슈퍼카들이 개성을 뽐내고 있었다.

하지만 최치우는 심드렁한 얼굴이었다.

"불편한 스포츠카에는 큰 관심이 없는데."

"타보면 생각이 달라질 겁니다."

최치우의 시큰둥한 반응에 안달이 난 임동혁이 마치 딜러가 된 듯 설득했다.

그러나 최치우는 고개를 가로저었다.

"그냥 편하고 무난한 차였으면 좋겠습니다. 이동할 때 편리한."

"올림푸스 이미지가 있는데 대표님이 벤츠나 아우디 같은 평범한 차를 타서야 되겠습니까? 페라리나 람보르기니는 타야 됩니다."

"그게 대체 무슨 논리인지 모르겠군요. 아무튼 편한 차가 아니면 안 살 겁니다. 사실 이렇게 나와서 차를 고르는 시간도 좀 아깝습니다."

"그럼 다 사는 건 어떻습니까? 사실 페라리 한 대, 람보르기니 한 대, 그리고 편한 차든 뭐든 다 살 수도 있습니다. 블랙카드를 써도 되고, 그게 없어도 우리 이미 1,000억 넘게 벌지 않았습니까. 그러니까 다 삽시다."

임동혁은 오기가 발동한 것 같았다.

예상과 달리 최치우가 심드렁하게 나오자 괜히 약이 오른 것이다.

하지만 최치우는 더 할 말이 없다는 듯 자리에서 일어났다.

"죄송합니다. 오늘 계약은 힘들겠습니다."

그는 먼저 딜러에게 깍듯하게 인사한 다음 임동혁을 노려봤다.

"이사님이 차를 골라준다고 했으니 뭐든 편한 걸로 가져오세

요. 아니면 시환이 형에게 부탁해서 아무거나 살 겁니다. 아무
거나."

"아, 아, 알겠습니다. 내가 다음 주에 우리 최 대표님 취향에
딱 맞는, 아주 죽도록 편한 놈으로 엄선하고 엄선해서 가겠습
니다."

임동혁은 졌다는 듯 두 손을 들었다.

하지만 그는 순순히 물러설 인간이 아니었다.

최치우는 해독제 프로젝트로 머릿속이 가득 차 있어서 임동
혁의 미친놈다운 면모를 간과하고 말았다.

그렇게 강남에서의 에피소드는 일단락되는 듯했다.

*   *   *

"이게… 대체 뭡니까?"

최치우가 인상을 찡그렸다.

사실 일반적인 범주에서 인상을 쓸 만한 상황은 전혀 아니
었다.

대부분의 남자들은 황홀한 표정을 짓거나 침을 질질 흘릴
것이다.

실제로 최치우의 옆에 나란히 선 이시환과 백승수는 눈을
동그랗게 뜨고 감탄을 금치 못했다.

"우와아! 치우야, 아, 아니지. 최 대표님, 이거 롤스로이스
맞죠?"

이시환은 회사에서 철저히 지키던 존칭마저 잠시 망각했다.

백승수도 평소답지 않게 안경을 치켜 올리며 차에 관심을 보였다.

"이건 레이스로군요. 한국 판매 가격 4억에서 5억 사이, 엔진은 6,600cc에 무려 624마력. 직접 운전을 즐기는 오너드라이버를 위해 롤스로이스에서 개발한 명차. 우리 대표님과 아주 잘 어울립니다."

백승수는 사뭇 진지한 표정으로 눈앞에 있는 차의 스펙을 줄줄 읊었다.

알고 보니 그는 공대생답게 내로라하는 자동차 오타쿠였다.

임동혁은 이시환과 백승수가 자신의 선택을 알아주자 신이 났다.

"역시 우리 올림푸스의 직원답습니다. 롤스로이스 레이스의 진가를 알아보고."

"설마 이걸 타고 다니라는 겁니까?"

최치우가 낮게 깔린 목소리로 임동혁의 말을 잘랐다.

그는 이시환이나 백승수와 달리 시종일관 차분한 모습이었다.

오히려 어이가 없다는 표정을 짓고 있었다.

하지만 임동혁은 그러거나 말거나 잔뜩 열을 올리며 롤스로이스 찬가를 불렀다.

"물론 내 취향은 페라리나 람보르기니 쪽입니다만, 곧 죽어도 편안한 차를 타야겠다는 최 대표님을 배려해서 딱 맞는 놈으로 골라왔습니다. 어때요? 감동적이지 않습니까?"

"이렇게 쓸데없이 크고 비싸기만 한 차를 말한 게 아니었습니다."

"쓸데없다니, 듣는 롤스로이스 서운하겠습니다."

임동혁은 마치 자동차가 사람이라도 된 것처럼 역정을 냈다. 그는 짐짓 서운하다는 듯 말을 이었다.

"다른 사람도 아닌 내가 최 대표님을 위해 직접 고른 레이스로 말할 것 같으면… 영국 장인이 한땀 한땀 자수를 놓은 가죽과……."

"그만, 그만. 후, 알겠습니다. 차를 반품할 수도 없고, 타야죠."

"바로 그겁니다! 세계에서 가장 특별한 기업으로 성장할 올림푸스의 대표라면 레이스 정도는 타줘야 되는 겁니다!"

기어코 자신의 뜻을 관철시킨 임동혁의 입꼬리가 귀에 걸렸다.

최치우는 한숨을 내쉬며 자동차 키를 건네받았다.

"자동차 구매 비용은 한 번에 정산하죠."

"우리 대표님 편하신 대로 하십시오. 난 언제든지 괜찮습니다."

이미 1,000억 가까운 자산 가치를 확보한 최치우는 5억 원에 달하는 금액을 일시불로 지불할 능력이 되었다.

다만 필요를 못 느끼는 일에 돈을 펑펑 쓰지 않을 따름이다.

그러나 이번에는 임동혁 덕에 페라리나 람보르기니도 한 수 아래로 내려다보는 롤스로이스를 타게 됐다.

다소 억지스럽게 차를 받았지만 못 탈 이유가 없었다.

굳이 나서서 살 이유는 없지만, 인수한 차를 일부러 반품할 이유는 더더욱 없었다.

누군가에게는 드림카인 롤스로이스지만, 최치우에게는 타면 타고 말면 마는 그냥 자동차일 뿐이기 때문이다.

찰칵— 지이잉!

최치우가 자동차 키 버튼을 누르자 보닛에서 여신 조각상이 튀어나왔다.

롤스로이스를 상징하는 환희의 여신이 자동으로 모습을 드러낸 것이다.

"우오오— 대박!"

"역시 롤스로이스!"

이시환과 백승수가 다시 한번 탄성을 터뜨렸다.

최치우도 우아하게 솟구친 환희의 여신 조각을 바라보며 미소 지었다.

자동차 보닛 앞에 우뚝 선 여신상이 행운을 가져다줄 것 같은 기분이 들었다.

최치우는 세계의 비밀 아래 잠들어 있던 미쓰릴을 발굴했고, 대량 살상 무기로부터 사람들을 보호하는 연구를 가동시

컸다.

뿐만 아니라 지금은 전무후무한 해독제를 개발하고 있다.

롤스로이스보다 더한 것이라도 당당하게 누릴 자격이 충분했다.

하지만 최치우의 관심은 더 높은 곳에 있었다.

그는 부와 명예를 즐길 수 있지만, 그 달콤함에 취해 정신을 놓을 리 없었다.

유혹에 무너지기엔 수많은 차원을 거치며 보고 들은 게 너무 많았다.

"기분은 이만큼 냈으면 됐고, 다 같이 밥 먹은 다음에 회의합시다. 오늘 밤을 새우더라도 MOU 체결할 제약회사 리스트 검토하겠습니다."

자타가 공인하는 워커 홀릭 본능이 나왔다.

싸움이 주요 수단인 차원에서 최치우는 쉬지 않고 싸웠다.

싸우고 또 싸워서 최강의 자리에 올랐다.

반면 현대의 지구는 전문 분야에서 일을 잘하는 게 주요 수단인 차원이다.

그렇기에 최강의 남자가 되기 위해서는 누구보다 자기 일을 잘하는 게 중요했다.

첫 차가 나왔으면 시승을 하는 게 보통 사람들의 심리이다.

그러나 최치우는 주차장 구석에 롤스로이스를 세워두고 사무실로 올라갔다.

한영그룹의 본사를 빌려 쓰는 올림푸스 사무실도 조만간 이사를 가야 한다.

할 일이 태산 같지만 즐거울 따름이다.

이시환과 백승수도 표정이 어둡지 않았다.

그들 역시 단순히 월급을 받기 위해서만이 아닌, 각자의 웅대한 꿈을 이루기 위해 올림푸스에 왔기 때문이다.

물론 임동혁은 불만스러운 얼굴로 틱틱거리고 있었다.

미쓰릴을 찾고 펜타곤과 손을 잡으며 왕관을 쓴 올림푸스는 그 무게를 충실히 감당하는 중이다.

더 밝게 빛나는 왕관을 쓰기 위해 땀을 흘리는 올림푸스의 내일은 반드시 오늘보다 창대할 것이다.

*   *   *

"그건 저희 대표님이 아끼는 기계니까 특별히 조심해 주세요."

백승수가 안경을 치켜 올리며 최치우의 커피 머신을 가리켰다.

포장 이사를 하는 업체 직원들이 바쁘게 움직이며 짐을 날랐다.

덕분에 모처럼 사무실이 분주했다.

오늘은 한영그룹 본사 빌딩을 빌려 쓰던 올림푸스가 새 둥지를 트는 날이었다.

올림푸스는 한영그룹과 밀접한 관계를 맺고 있었다.

지분의 3할을 가진 이사 임동혁이 한영그룹의 후계자인 동시에 전략본부장이다.

독도 해저 자원 개발을 시작으로 한영그룹은 최치우가 하는 일에 막대한 투자를 지속해 왔다.

그렇다고 해서 올림푸스가 한영그룹의 자회사나 계열사는 절대 아니었다.

지분의 7할은 온전히 최치우 소유이며 경영권 역시 그가 갖고 있었다.

사실상 올림푸스는 최치우의 개인 회사라 해도 무방했다.

단순히 지분 때문만은 아니다.

모든 의사 결정과 프로젝트 추진 등에 있어서 최치우의 역할이 절대적이기 때문이다.

회사가 아무리 커져도 최치우의 존재감이 줄어들 리는 없다.

애초에 올림푸스는 최치우가 아니면 생기지도 않았을 회사이다.

더군다나 오직 최치우만 갖고 있는 특별한 능력 없이는 존속이 가능하지도 않았다.

그러나 세간의 시선은 달랐다.

올림푸스가 계속 한영그룹 본사 빌딩에 머무르면 쓸데없는 오해를 받게 마련이다.

기자들은 없는 말도 지어낸다.

최치우는 올림푸스가 구설수에 휘말리는 걸 원치 않았다.

어차피 독립적인 사무 공간이 필요하기도 했다.

처음에는 직원이 없어서 한영그룹 홍보팀의 도움을 받을 일이 많았다.

그렇기에 본사 빌딩을 같이 쓰는 게 효율적이었다.

하지만 이제는 이시환과 백승수를 비롯해 여러 명의 직원을 뽑았다.

소수 정예를 지향하기에 규모가 크지는 않았지만, 홍보팀과 재무팀 등 최소한의 필수 구성을 갖췄다.

그렇기에 별도의 사무실에서 100% 독립적으로 업무를 볼 수 있게 된 것이다.

"감회가 새롭군요."

"나도 날아갈 것 같은 기분입니다. 드디어 영감의 품에서 벗어날 수 있다니……."

이사를 지켜보던 임동혁은 유독 신이 나 보였다.

최치우는 그를 바라보며 고개를 저었다.

"임 이사님은 계속 한영그룹 본사로 출근해야 하는 거 아닙니까? 어쨌든 한영그룹 전략본부장 직함을 갖고 있으니 말입니다."

"그 무슨 살벌한 소리를……. 어떻게 얻은 기회인데. 그룹에는 사표를 냈습니다. 올림푸스에서 업적을 더 쌓고 때가 되면 그룹을 통째로 접수하면 됩니다."

임동혁은 이참에 사표를 내버렸다.

누구보다 엄한 아버지인 회장의 그늘에서 벗어나 본격적으로 올림푸스를 키우는 데 집중하려는 것이다.

그는 입버릇처럼 최치우를 만난 건 일생일대의 기회라고 말했다.

한영그룹에 계속 남아 있으면 아무리 일을 잘해도 후계자 딱지를 떼기 어렵다.

그러나 한영그룹 외부에서 업적을 쌓고 사회적으로 인정을 받으면 다른 재벌 2세들과는 확실히 차별화될 수밖에 없다.

임동혁은 이미 최치우 덕을 톡톡히 봤다.

독도 개발을 통해 한영그룹에 막대한 이익을 안겼고, 펜타곤과의 기술 제휴로 또 한 번 주목을 받았다.

악명 높은 재벌가의 망나니에서 순식간에 가장 기대되는 후계자로 평판이 180도 바뀌었다.

그가 대기업인 한영그룹의 전략본부장 대신 올림푸스의 이사 자리를 선택한 건 당연한 수순인지도 모른다.

올림푸스에서 성과를 거둘수록 임동혁이 한영그룹을 물려받는 시기도 빨라질 것이기 때문이다.

"앞으로 지켜보겠습니다. 마음에 안 들면 이사라도 자를 거니까 각오하는 게 좋을 겁니다."

최치우가 팔짱을 끼고 농담을 했다.

얼굴색 하나 바뀌지 않고 진지하게 말해서 농담인지 진담인지는 구분하기 어려웠다.

임동혁은 뒷목을 잡으며 고개를 끄덕였다.

"백수 안 되기 위해 대표님 비위 잘 맞추겠습니다."

"아주 좋은 태도군요. 아무튼 우리는 먼저 이동하죠. 그쪽에서 준비할 것도 있을 테니까."

"대표님 차로 가는 게 어떻습니까? 굳이 차를 두 대 움직일 필요는 없을 것 같습니다."

"그러죠."

최치우는 현장 정리를 백승수와 이시환에게 부탁하고 지하 주차장으로 내려갔다.

주차장에서 자신의 차를 찾는 건 너무 쉬웠다.

푸른색이 오묘하게 감도는 짙은 색 레이스의 존재감은 단연 독보적이었다.

임동혁은 자신이 직접 골라준 자동차의 조수석에 가뿐히 올라탔다.

어느덧 롤스로이스 레이스를 운전하는 데 익숙해진 최치우는 자연스레 시동을 걸었다.

우렁차지만 요란하지 않게 울리는 배기음이 최치우를 반겼다.

최치우와 임동혁은 올림푸스의 새로운 역사가 시작될 곳으로 이동했다.

스물한 살에 불과한 최치우는 누구보다 빠른 속도로 정상을 향해 달려가고 있었다.

*   *   *

올림푸스의 새로운 사무실은 여의도에 위치하고 있다.

여의도는 크게 금융기관이 몰린 동여의도와 국회의사당 부근의 서여의도로 나뉜다.

최치우는 여의도의 동서를 나누는 중심에 우뚝 선 빌딩을 골랐다.

지금은 예전보다 파워가 약해졌지만, 그래도 한때는 대한민국을 이끌던 전국경제인연합 빌딩에 입주한 것이다.

햇빛을 받으면 투명하게 반짝이는 전경련 빌딩은 63빌딩만큼 강한 존재감을 발휘하고 있었다.

50층이 넘는 건물 고층부에서는 한쪽으론 빌딩 숲과 한강이, 반대쪽으론 초록색 지붕을 덮은 국회가 내려다보인다.

그야말로 최고의 뷰를 자랑하는 빌딩이었다.

올림푸스는 44층을 통째로 임대했다.

사실 올림푸스의 직원 숫자를 생각하면 44층 전부는 너무 넓었다.

더구나 최치우는 소수 정예를 지향하기에 무작정 직원 수를 늘릴 생각은 없었다.

그럼에도 불구하고 전 층을 임대한 것은 보안을 유지하기 위해서이다.

올림푸스의 사원증이 없는 사람은 엘리베이터를 타고 44층에 내려도 아예 진입을 못 하도록 보안장치를 설치했다.

빌딩을 관리하는 전경련도 흔쾌히 동의해 줬다.

요즘처럼 공실률이 높은 시대에 전 층을 임대하면 세입자가 갑이 된다.

입주할 수 있는 빌딩은 많지만, 고액의 임대료를 낼 수 있는 세입자는 한정적이기 때문이다.

최치우는 어느 정도 정리가 된 사무실에 서 있었다.

한강 방면이 보이는 방향의 통유리 앞에 선 최치우의 옆에는 어머니가 함께하고 있었다.

그는 새로운 사무실을 구하고 정리를 마친 후 가장 먼저 어머니를 초대했다.

"생각한 것보다 훨씬 더 근사하구나. 그런데 너무 비싼 건 아니니?"

"괜찮습니다. 임대료는 비용으로 처리하면 되고, 어차피 이 정도 사이즈는 되어야 당분간 이사 갈 일이 없을 것 같아서요."

"하긴 네가 어련히 알아서 잘하겠지."

어머니는 더 이상 묻지 않고 고개를 끄덕였다.

지난 2년 동안 최치우의 어머니는 엄청난 변화를 겪었다.

갑자기 효자가 된 아들이 S대 입학한 것만 해도 하늘이 뒤집힐 일이었다.

그런데 대통령으로부터 훈장을 받고 덜컥 아파트와 가게를 사 주더니 어느새 세계가 주목하는 기업의 대표가 되어 뉴스를 장식했다.

평생 김밥을 말면서 어렵게 살아온 어머니의 삶도 다이내믹하게 변했다.

최치우를 키운 어머니를 인터뷰하기 위해 여러 언론이 막무가내로 달려들기도 했다.

하지만 다행히 급격한 변화도 어머니를 흔들진 못했다.

보통 가족 중 한 명이 크게 성공하면 나머지 사람들은 휩쓸리기 쉽다.

돈을 흥청망청 쓰거나 도박에 빠지는 경우도 허다했다.

그러나 어머니는 아들이 어렵게 번 돈을 함부로 쓸 수 없다며 용돈도 사양했다.

아직 어리다면 어린 아들에게서 아파트와 가게를 받은 것도 미안해하셨다.

사실 최치우의 어머니는 사회적인 성공과는 거리가 먼 유형이었다.

만약 최치우의 몸에 영혼이 깃들어 환생하지 않았다면 여전히 작은 가게에서 최저임금을 받으며 김밥을 말았을 것이다.

하지만 사람을 성공만으로 판단할 수는 없다.

최치우는 평생을 묵묵히 헌신하며 맡은 일을 해온 어머니를 진심으로 존경하게 됐다.

이전 차원에서 그는 세계를 주름잡는 강자가 아니면 사람 취급도 하지 않았다.

그렇지만 여기서는 세상과 사람을 보는 눈이 많이 달라졌다.

7번째 환생으로 8번째 차원에서 살아가며 비로소 영혼이 성장하기 시작한 것이다.

육체적인 능력, 즉 무공이나 마법을 쓰는 힘은 이전 차원에 비해 약해졌어도 영혼의 힘은 훨씬 단단해진 것 같았다.

"어머니, 그래서 말인데요, 아무래도 여의도 부근에 제가 머물 집을 구하는 게 좋을 것 같습니다."

"집을?"

"네. 우리 집에서도 사무실이 가깝지만 아무래도 늦게 들어갈 일도 많고 여러모로 신경을 쓰이게 해드리는 것 같아서요."

최치우가 독립 의사를 밝혔다.

잠시 고민하던 어머니는 이내 아들의 독립을 응원해 줬다.

"나는 아쉽지만… 아들이 선택했으면 믿어야지. 대신 바빠도 자주 들렀으면 좋겠구나."

"집밥 먹으러 자주 갈 겁니다. 오지 말라고 하셔도. 하하!"

"언제든 우리 치우가 좋아하는 불고기랑 김치찌개 차려놓고 있을게."

"오늘 저녁도 집에서 먹을게요."

"그럼 나야 환영이지. 아 참, 그런데 왜 사무실이 44층인 거니?"

어머니는 엘리베이터를 타고 올라올 때부터 궁금하던 것을 물었다.

4는 동양에서 죽을 사(死)를 연상시켜 불길한 숫자로 여긴다.

아들 일이라면 사소한 것 하나도 걱정하는 어머니로선 신경이 쓰일 수밖에 없었다.

하지만 최치우는 활짝 웃으며 대답했다.

"일부러 44층을 골랐습니다. 이 세상 모든 징크스를 극복하겠다는 의미로."

"참… 내 배로 낳은 아들이지만 특이해. 아니, 특별한 게 맞겠지?"

"사실 44층이 고층 중에서 임대료가 조금 싸기도 해요."

미소를 짓는 최치우의 얼굴은 스물한 살답게 싱그러워 보였다.

세계의 이목을 집중시키는 올림푸스의 대표이지만 어머니 앞에서는 갓 이십 대 초반의 아들이었다.

그는 어머니의 아들로 환생하게 해준 신에게 처음으로 고마움을 느꼈다.

최치우는 이제껏 영원한 환생을 부여한 신을 원망하기만 했다.

그러나 영혼의 소멸이라는 조건이 걸린 7번째 환생은 최치우에게 생소한 기쁨과 깨달음을 주고 있었다.

*   *   *

여의도, 아니, 서울에서 가장 비싸다고 소문난 고층 빌딩의 사무실.

마찬가지로 여의도 중심부에서 생활환경과 프라이버시가 모두 보장되는 고급 아파트의 펜트하우스.

도로 위를 지나다니면 모두 한 번씩 쳐다보는 롤스로이스 레이스.

거실 TV 옆에 걸려 있는 국민훈장 무궁화장.

평생을 써도 다 쓰기 힘든 재산과 차고 넘치는 명예.

스물한 살 최치우는 세상 사람들이 원하는 모든 것을 이미 손에 넣었다고 해도 과언이 아니었다.

보통 이만한 성공을 이루면 치열한 전장에서 물러나 인생을 즐기려 한다.

그러나 최치우는 달랐다.

누군가에게는 1,000억을 버는 게 평생의 꿈이지만, 그에게는 잠시 거쳐 가는 과정일 뿐이었다.

최치우는 사천당문의 해독제를 세상에 선보이기 위해 자기 자신을 실험 대상으로 만들었다.

올림푸스는 국내 최고의 제약회사와 MOU를 체결해 테스트를 마쳤고, 어느 정도 만족스러운 수치를 얻었다.

물론 곧바로 임상 실험을 하기에는 여전히 위험성이 높았다.

하지만 만독불침인 최치우는 약간의 가능성만 있으면 스스로 임상 실험을 해서 시간을 단축시킬 작정이다.

세상을 바꾸며 세계의 정점에 서기 위해서는 그만한 고통과 위험을 감수해야 하는 법이다.

남부러울 것 없는 성공을 이룬 최치우는 또 다른 도전을 위해 온몸을 내던졌다.

임동혁을 제외하면 거의 모든 사람이 최치우가 스스로 실험 대상이 된다는 사실을 짐작도 못할 것이다.

　그러나 누가 알아주고 말고의 문제가 아니었다.

　최치우는 반드시 사천당문의 해독제를 구현해서 세상의 한 부분을 바꿔놓기로 마음먹었다.

　그가 마음먹으면 현실이 된다.

　혼자서 완성되지 않은 해독제 샘플을 먹는 최치우는 두 어깨로 세상을 짊어지고 있었다.

11장

독이 든 성배

"괜찮은 거 맞습니까?"

"한번 보세요. 괜찮은지 아닌지."

평소답지 않게 임동혁은 걱정스러운 표정을 지었다.

무심하게 대답한 최치우는 작은 알약을 삼키기 직전이다.

사천당문의 해독제를 산신령 허철후가 현대에 맞게 수정했고, 올림푸스와 MOU를 맺은 제약회사에서는 비율을 달리 하며 다양한 샘플을 만들었다.

곧 최치우가 삼킬 알약은 샘플 NO.17이다.

벌써 17번째 샘플이라는 뜻이다.

재료는 같지만 비율이 미세하게 다르기 때문에 매번 임상 실험을 해야 했다.

최치우는 자신의 몸으로 위험을 감수하며 어떤 샘플의 부작용이 가장 적은지 실험을 이어갔다.

실험 장소는 여의도에 새롭게 둥지를 튼 올림푸스의 사무실이었다.

직원들이 퇴근하고 나면 드넓은 사무실은 훌륭한 실험실이 된다.

오늘은 특별히 임동혁이 함께했다.

그가 해독제 개발 과정을 궁금해했고, 직접 살펴보고 싶다고 부탁했기 때문이다.

어차피 임동혁은 최치우가 스스로 임상 실험을 하는 걸 알고 있는 사람이다.

그렇기에 실험 광경을 보여줘도 상관이 없었다.

"다른 안전장치는 없습니까?"

"내 몸이 안전장치입니다."

최치우는 피식 웃으며 대답한 뒤 알약을 삼켰다.

뜸을 들이고 말고 할 것도 없었다.

이미 16번이나 실험을 했고, 이번이 17번째인데 뜸을 들이면 그게 더 이상한 일이다.

그는 마치 밀린 숙제를 하듯 자연스레 알약을 넘겼다.

물을 마시지도 않았다.

몇 번 실험을 해보니 물 없이 알약을 삼키는 요령이 생겼기 때문이다.

꿀꺽.

그의 목을 타고 알약이 몸 안으로 들어갔다.

임동혁은 해독제가 단순한 약이 아님을 알고 있었다.

일시적으로 몸 내부를 마비시키는 독약이나 다름없는 것이다.

게다가 안전성이 확보되지 않은 실험용 샘플이라면 마비 성분이 훨씬 강할 수도 있었다.

아니나 다를까.

알약을 삼킨 최치우의 표정이 딱딱하게 굳어갔다.

"음."

그는 짧게 숨을 내쉬며 입술을 깨물었다.

만독불침이라고 해서 어떤 독을 먹어도 고통을 느끼지 못하는 것은 아니었다.

처음에는 일시적으로 중독과 동일한 증상을 겪는다.

하지만 이후 혈도를 타고 흐르는 몸속 독기가 외부의 독을 제압하며 금방 멀쩡해지는 것이다.

해독제 샘플을 먹은 최치우는 짧게는 1분, 길게는 3분 가까이 마비로 인한 고통을 느껴야 했다.

이번에도 마찬가지였다.

17번째 실험이지만 스스로 독성을 지닌 약을 먹고 통증을 참아내는 건 고역이었다.

"괜찮습니까?"

임동혁이 얼굴을 찌푸리며 물었다.

그는 진심으로 최치우를 염려하고 있었다.

임동혁은 최치우가 일반적인 상식을 초월한 인간이라는 걸 알고 있었다.

그래도 눈앞에서 고통스러워하는 모습을 보니 속이 까맣게 타들어갔다.

처억!

최치우는 오른손을 들어 임동혁이 다가오지 못하게 막았다.

이 과정은 누가 도와줄 수 있는 게 아니었다.

오롯이 최치우 혼자 이겨내야 한다.

최치우는 입술을 피가 나도록 깨문 채 통증을 감내했다.

이렇게까지 하는 이유는 명확했다.

3년 이상 걸릴 신약 개발 과정을 획기적으로 단축시키기 위해서였다.

하이 리스크, 하이 리턴은 인생의 진리이다.

큰 성과를 얻기 위해서는 엄청난 위험을 감수해야만 한다.

'이번 샘플은 효능이 너무 과해. 일반인에게 쓰면 마비 증세가 풀리지 않겠어.'

최치우는 통증을 느끼면서도 몸에서 일어나는 변화를 머리에 각인시켰다.

단순히 고통을 참기만 하면 아무 의미가 없었다.

각 샘플이 어떤 문제를 가지고 있는지 기록해야 했다.

그래야만 임상 실험으로 가치를 지닐 수 있기 때문이다.

쿵—!

순간, 그의 심장 부위에서 충격이 일어났다.

샘플이 너무 강하게 혈도를 마비시키며 기운을 억누른 탓이다.

과도한 마비 증상 때문에 일시적으로 숨이 멎는 기분이 들었다.

"최치우 씨!"

최치우의 몸이 들썩이는 걸 본 임동혁이 소리를 높였다.

하지만 더 이상 걱정할 일은 일어나지 않았다.

잠시 호흡을 고른 최치우는 식은땀을 닦아내며 긴 한숨을 내쉬었다.

"후우, 괜찮습니다. 이번에 먹은 샘플 NO.17은 효능이 과하네요. NO.18은 전체적으로 약효를 다운그레이드시키라고 알려 줘야겠습니다."

최치우는 원래의 안색을 되찾았다.

그의 혈맥을 타고 흐르는 호령독삼의 기운이 해독제 샘플의 독기를 잡아먹은 것이다.

임동혁은 눈으로 보고도 믿기지 않는 듯 말을 잃었다.

분명 방금 전까지 고통스러워하던 사람이 순식간에 멀쩡해졌다.

통증을 느끼는 게 연기였다면 청룡영화제 남우주연상 감이다.

그리고 당연한 말이지만, 최치우가 일부러 과장된 연기를 할 이유는 없었다.

"진짜… 괜찮아진 거 맞습니까?"

"맞습니다."

최치우는 아무 일도 없었다는 듯 몸을 움직였다.

그는 실험 데이터를 입력하는 컴퓨터 앞에 앉았다.

생생한 느낌이 사라지기 전에 17번째 임상 실험 결과를 기록하는 것이다.

"이거 대체… 아니, 내가 생각한 것과 너무 다릅니다. 이런 식으로 정말 해독제 개발이 완료될 수 있는 겁니까? 통증이 누적되면 최 대표님의 건강에도 문제가 생길 것 같습니다."

임동혁은 키보드를 두드리는 최치우를 바라보며 솔직한 심정을 토로했다.

머리로 막연히 상상하던 것과 완전히 달랐다.

미친 짓으로 따지면 임동혁도 누구 못지않았지만, 최치우는 지금 완전히 미친 짓을 하고 있는 것 같았다.

그러나 대답하는 최치우의 목소리는 너무나 담담했다.

"해독제의 개발 가능성을 걱정하는 겁니까, 아니면 내 안위를 걱정하는 겁니까?"

"그거야 당연히……!"

임동혁은 최치우의 건강을 더 걱정한다고 말하려다 그만두었다.

자기 자신도 왜 이렇게 화를 내는지 혼란스러웠다.

최치우는 임동혁을 쳐다보지 않았다.

그는 모니터에 시선을 고정시킨 채 실험 기록을 남기는 데 열중했다.

"아무도 가보지 않은 길을 개척하는 겁니다. 정상적인 방법만 쓸 수는 없겠죠. 길은 내가 열 테니 이사님은 따라오기만 하면 됩니다."

최치우의 낮은 음성이 울렸다.

임동혁은 대꾸하지 못하고 석상처럼 우두커니 서 있었다.

누가 뭐라고 해도 최치우를 말리지 못할 것이다.

그는 보통 사람이 상상할 수 없는 속도로 달려가고 있었다.

임동혁은 그저 최치우를 지켜보며 세상이 모르는 비밀 한 조각을 속으로 삼킬 수밖에 없었다.

*   *   *

몇 달이라는 시간이 훌쩍 지나갔다.

최치우가 새로운 샘플을 테스트하고 개선점을 알려주면 제약회사에서는 다음 샘플을 만든다.

그렇게 소요되는 시간이 최소 1주일이다.

최치우는 벌써 샘플 NO.32까지 자기 몸으로 테스트를 마쳤다.

그러는 동안 시간은 흘러 새해가 밝았다.

그는 한국 나이로 스물두 살이 됐고, 올림푸스를 향해 쏟아지던 세상의 관심도 약간은 잦아들었다.

펜타곤과의 기술 제휴 이후 이렇다 할 빅뉴스가 없었기 때문이다.

물론 수면 아래에서 올림푸스는 활발하게 움직이고 있었다.

주기적으로 펜타곤과 보고서를 주고받으며 미쓰릴을 이용한 연구를 지속했고, 해독제를 개발하는 프로젝트도 진전을 보이고 있었다.

게다가 올림푸스의 세 번째, 또는 네 번째 프로젝트가 될 만한 아이디어를 검토하는 작업도 한창이었다.

도쿄대에서 가져온 기밀 자료 외에도 세계에는 작은 단서만 주어진 미스터리가 무수히 많았다.

백승수와 이시환은 상상력을 총동원해 전 세계의 미스터리를 검토하고 분석했다.

심지어 전설 속 해저 도시인 아틀란티스를 찾아내는 것도 리스트에 포함돼 있었다.

그만큼 한계를 두지 않고 상식 따위는 가볍게 무시한 채 백지 상태에서 다음 프로젝트를 검토하는 것이다.

백승수와 이시환이 주기적으로 보고서를 올리면 최치우가 머릿속에 그림을 그린다.

아직은 해독제 개발에 집중하고 있지만, 때가 되면 올림푸스는 또 다른 미스터리를 발굴하기 위해 성큼 걸음을 내디딜 것이다.

"정식으로 법인이 설립된 지 아직 1년도 안 됐습니다. 그러나 우리는… 보다시피 서울의 중심부에 울타리를 만들었고, 여러분처럼 우수한 인재들과 한 팀이 됐습니다."

최치우는 올림푸스의 전 직원을 돌아보며 힘주어 말했다.

여의도 사무실에 모인 사람들, 이들과 함께 역사를 창조할 것이다.

새해를 기념하는 시무식은 다시 한번 올림푸스의 전열을 정비할 기회였다.

"지난해 올림푸스는 신금속을 찾아내고 펜타곤과의 기술 제휴를 성사시켰습니다. 그리고 올해에는 반드시 개발 중인 해독제의 상용화를 성공시킬 겁니다."

최치우는 공식적으로 올림푸스의 목표를 분명히 밝혔다.

해독제를 개발하는 데 그치는 게 아니라 상용화까지 일시에 성공시킨다.

그것이 올해의 첫 번째 목표였다.

그는 담담하게 말하고 있지만, 이야기를 듣는 직원들은 심장 박동이 빨라지고 있었다.

다들 올림푸스라는, 이제껏 존재하지 않던 형태의 회사에 매료되어 지원한 인재들이다.

적당히 편안한 직장 생활을 바라고 들어온 사람은 없었다.

그렇기에 세상을 바꿀 프로젝트가 모습을 드러낼 때마다 자기 일처럼 흥분하는 것이다.

최치우는 20명에 못 미치는 전 직원을 빼놓지 않고 한 명씩 쳐다봤다.

"여러분 한 사람, 한 사람이 올림푸스와 언제까지 함께할지 누구도 장담할 수 없습니다. 그러나 올림푸스에 몸담은 것이 여러분 인생 최고의 선택이 되도록 대표인 제가 최선을 다하겠습니다. 올해도 잘 부탁드립니다."

진심을 담아 말을 마친 최치우는 허리를 숙였다.

시무식에서 직원들에게 이렇게 인사하는 대표는 찾아보기 힘들 것이다.

대부분 높은 자리에 올라서면 아랫사람들에게 일방적으로 설교하는 걸 좋아하게 된다.

설령 열린 모습을 보여도 가식적인 태도를 완전히 숨길 수는 없다.

그러나 최치우는 진심이었다.

그는 조직을 이끄는 것 자체가 처음이다.

이전 차원에서는 항상 혈혈단신으로 세상과 맞서 싸워왔기 때문이다.

그래서일까.

적지 않은 사람들이 자기 인생을 걸고 올림푸스호에 승선한 것 자체가 고마웠다.

혼자만 잘사는 게 아니라 올림푸스라는 배를 세상에서 가장 튼튼하고 거대한 함선으로 만들고 싶었다.

사실 최치우는 중대한 결정을 혼자 내리고 혼자 책임지는 스타일이다.

그렇지만 올림푸스라는 회사를 이끌며 리더십에 대해서도 눈을 뜨고 있었다.

백승수나 이시환에게 다음 프로젝트 검토를 맡긴 것도 예전 이라면 상상도 못 할 일이다.

그만큼 중요한 일을 믿고 맡기는 것 또한 리더의 능력이다.

전쟁터에서 병사들이 하는 사소한 일까지 일일이 챙기는 군주는 절대 승리하지 못한다.

과거의 최치우가 압도적으로 강한 한 명의 전사였다면 현대의 최치우는 군주로 성장하고 있었다.

인연의 소중함을 알고 자신을 따르는 사람들에게 리더십을 발휘하게 된 최치우는 이전 어느 차원에서보다 더 굳세고 위대한 존재로 거듭날지 모른다.

극강의 무력을 자랑하던 첫 번째 차원 링스 월드의 치우는 제국을 멸망시킬 수는 있어도 나라를 세울 수는 없었다.

하지만 7번째 환생을 거친 현대의 최치우는 자신의 영토를 확장하며 세계를 멸망시키는 대신 그보다 훨씬 어려운 구하는 미션을 수행하고 있었다.

매번 고통을 참아내며 독이나 다름없는 해독제 샘플을 기꺼이 먹는 것도 예전이라면 하지 않았을 미친 짓이다.

나날이 새롭게 달라지는 최치우는 올림푸스 직원들에게 말한 것처럼 역사를 다시 쓰려 했다.

절대 허무맹랑한 도전이 아니었다.

해독제 샘플이 안정화되는 순간, 최치우의 스토리는 히스토리가 될 것이다.

그날이 점점 다가오고 있었다.

*　　　　　*　　　　　*

'이거다!'

최치우가 눈을 부릅떴다.

잠깐의 고통을 참아낸 그의 눈동자에 서광이 비치고 있었다.

오랜 기간 던전을 탐험하다 마침내 전설의 무기를 발견한 헌터가 된 기분이다.

사천당문의 해독제 샘플이 최치우가 원하는 강도로 정확히 작용한 것이다.

샘플 NO.44에 이르러 드디어 해답을 찾은 것이다.

공교롭게도 올림푸스가 입주한 44층과 같은 44번째 샘플에서 느낌이 왔다.

징크스를 극복하겠다는 최치우의 다짐이 현실로 이루어지고 있었다.

"후우우!"

최치우는 길게 숨을 내쉬며 마비 상태에 빠졌던 몸을 진정시켰다.

혈도가 마비되는 강도를 포함해 통증과 지속 시간까지 모든 게 완벽했다.

무림에서 사천당문의 해독제를 복용했을 때와 거의 비슷한 느낌이었다.

물론 전반적인 약효는 사천당문의 해독제 원형보다 약하게 설정됐다.

평생 무공을 수련한 무림인들에게 주로 쓰이던 해독제와 현대의 일반인에게 쓰일 해독제의 강도는 다를 수밖에 없었다.

그러한 차이를 고려하지 않으면 해독제를 먹고 먼저 쓰러지는 사람들이 더 많이 나올 것이다.

여러 차원을 경험해 본 최치우는 서로 다른 세계의 사람들이 어떻게 다른지 잘 알고 있었다.

이를테면 순수 계산 능력은 로봇 군단으로 전쟁하는 기계화 차원이 가장 높았다.

뼈대와 근육은 무림이 제일이고, 마나를 느끼는 자연 친화력은 아슬란 대륙을 따라갈 차원이 없었다.

최치우도 처음에는 각 차원마다 다른 사람들의 특성을 이해하지 못했다.

하지만 이제는 새로운 차원에 환생하자마자 그 세계와 인류의 특성을 헤아리게 됐다.

그를 만족시킨 샘플 NO.44는 이처럼 복잡한 고민 끝에 나온 결과물이었다.

최치우는 만독불침의 권능이 몸을 회복시킨 걸 느꼈다.

이윽고 밝은 얼굴로 전화를 걸었다.

"어르신."

그가 성공의 기쁨을 느끼자마자 전화를 건 사람은 다름 아닌 허철후였다.

최치우의 요청대로 해독제를 재구성한 허철후는 누구보다 간절히 성공을 기다리고 있었다.

그동안 최치우와 허철후는 서로 부담이 될까 봐 연락을 자제해 왔다.

그러나 이제는 마음 놓고 기쁨을 나눠도 될 것 같았다.

―무슨 일인가?

"답을 찾은 것 같습니다."

―정말인가? 그게 정말이야?

"어르신과 제가 함께 만든 해독제로 세상을 바꾸겠습니다. 지금부터 다시 시작입니다."

―암! 자네라면 귀히 쓸 걸세. 내 모자란 힘을 보탠 보람을 느껴주게 할 거라 믿네.

"상용화까지는 시간이 조금 더 걸릴 것 같습니다. 오늘 나온 결과를 바탕으로 더 많은 사람들에게 임상 실험을 거쳐야 하니까요."

―나야 자세히는 모르지만 한결 가벼운 마음으로 기다리고 있어도 되는 것이겠지?

"네."

최치우는 짧지만 확신을 담아 대답했다.

그것으로 됐다.

산신령 허철후는 오랜만에 두 다리를 쭉 뻗고 깊은 잠을 잘 수 있을 것이다.

최치우가 한 번 말한 내용은 반드시 지키는 남자라는 걸 믿기 때문이다.

전화를 끊은 최치우는 가만히 앉아 있지 않았다.

당장 제약회사에 연락을 취해 일정을 서두를 것이다.

샘플 NO.44를 기반으로 다시 한번 정밀한 안정화 작업을 거쳐야 한다.

그다음 순서로 일반인에게 임상 실험을 할 수 있었다.

일반인 임상 실험이 무사히 끝나면 비로소 꿈에 그리던 상용화이다.

그때부터는 사천당문의 해독제가 현대의 지구를 살아가는 거물과 부호들의 필수품이 될 것이다.

원래 사람은 가진 게 많을수록 더 큰 위험에 노출될 수밖에 없다.

부자들은 너나 할 것 없이 중독의 위험에서 병원까지 갈 시간을 벌어주는 해독제를 구입할 게 분명했다.

만일을 대비한 약값으로 억만금을 치르고서라도 말이다.

최치우는 그들에게서 번 돈으로 한층 보편적인 해독제를 만들어 제3세계에 제공할 계획이다.

부자들의 돈으로 가난한 사람들을 구한다.

이것이 바로 현대의 지구라는 차원에서 세상을 바꾸는 가장 빠른 수단 중 하나였다.

최치우는 자신이 발을 디딘 차원에 대해 파악을 마쳤다.

해독제 개발은 단순한 프로젝트가 아니었다.

올림푸스의 나아갈 방향을 설정하는 중요한 이정표가 될 것이다.

그 관문의 끝자락이 최치우의 눈앞에 아른거리고 있었다.

최치우는 오랜만에 모교를 찾았다.

S대에 처음 들어왔을 때는 가진 것 하나 없는 신입생이었다.

하지만 지금은 처지가 완전히 달라졌다.

롤스로이스를 지하 주차장에 세우고 캠퍼스 위로 올라오자마자 여기저기에서 그를 알아봤다.

"어? 저 사람 최치우 아냐?"

"설마… 가 아니라 맞는 거 같은데? 우리 학교 출신이잖아!"

"야, 대박이다! 진짜 올림푸스 대표 최치우네!"

수군거리는 소리가 조금씩 커졌다.

인기 연예인이 뜬금없이 나타났을 때와 비슷한 반응이었다.

S대 학생들은 최치우를 자랑스러운 동문으로 강렬하게 기억할 수밖에 없었다.

외국에는 하버드나 스탠포드를 때려치우고 창업해 전설이 된 사람들의 무용담이 흔했다.

그에 비해 S대는 얌전한 모범생만 배출한다며 비교당하기 일쑤였다.

그런데 최치우가 휴학한 다음 올림푸스를 만들어 전 세계의 주목을 받은 것이다.

그동안 S대 역사에 있어 가장 부족한 부분의 갈증을 시원하게 풀어준 셈이다.

특히 공대를 다니는 학생들에게 최치우는 완벽한 롤 모델이 됐다.

기껏 공대를 나오고도 현실적인 이유로 의학전문대학원이나 로스쿨에 진학하는 학생들이 꽤 많았다.

아니면 국책연구소나 대기업 연구소에 취직하는 게 그나마 잘 풀린 케이스이다.

그들에게 최치우는 희망을 선사했다.

창업으로 세계에 우뚝 설 수 있다는 본보기가 됐다.

당연히 아무나 성공할 수 있는 것은 아니다.

하지만 롤 모델이 있는 것과 아예 없는 것은 천지차이이다.

최치우는 앞으로도 두고두고 S대 공대생들에게 살아 있는 전설이자 희망으로 남을 것이다.

"치우야, 안녕."

"어, 안녕!"

간간이 최치우와 함께 강의를 듣던 동기들도 보였다.

최치우는 자연스럽게 인사를 나누며 웃음을 잃지 않았다.

학교 밖으로 나가서 엄청난 성공을 했지만, 목에 깁스를 하고 다닐 필요는 없었다.

소중한 시간을 함께 보낸 동기들에게는 여전히 편한 친구로 남고 싶었다.

다른 학생들은 최치우와 인사를 나눈 에너지자원공학과 동기들을 부러운 눈길로 쳐다봤다.

올림푸스의 대표 최치우와 친구라는 것, 그보다 더 **빵빵한**

인맥은 찾기 힘들기 때문이다.

최치우는 자신에게 따라붙은 선망의 시선들을 헤치고 목적지에 도착했다.

그는 당연히 김도현 교수를 만나기 위해 S대에 온 것이다.

"교수님."

"치우 군, 오랜만이에요."

연구실에 앉아 있던 김도현 교수는 인자한 미소를 지으며 손을 내밀었다.

최치우는 학교를 떠나고 올림푸스를 키우는 데 집중하면서 꽤 오랫동안 김도현 교수를 만나지 못했다.

두 사람은 서로를 각별하게 생각했다.

김도현 교수에게 있어 최치우는 학자로서 발견한 세계의 미스터리를 풀어낼 유일한 주인공이었다.

최치우는 김도현 교수를 멘토로 여기고 있었다.

그렇기에 진심으로 반가움을 느끼며 악수를 주고받았다.

이제는 단순히 스승과 제자의 악수가 아니었다.

누구도 가보지 않은 길을 함께 개척하는 동료로서 손을 맞잡은 것이다.

"20분 뒤에 총장님께서 오실 거예요."

"그 전에 교수님과 하고 싶은 이야기가 많습니다."

"나도 그래요."

김도현과 최치우는 미소를 지었다.

사실 오늘은 S대 총장을 만나기 위해 마련한 자리였다.

최치우는 국내 최고의 명문대인 S대의 총장이 만나고 싶어 애쓰는 인물이 됐다.

국제적 위상으로 따지면 S대 총장보다 최치우의 명성이 훨씬 더 높다.

S대 총장은 아마 최치우에게 여러 특혜를 제시할 것이다.

특별 규정을 만들어 최치우가 S대를 그만두지 않고 졸업할 수 있게 배려해 줄 확률이 높았다.

어떻게든 최치우를 S대 사람으로 붙잡는 게 총장의 미션이다.

대신 최치우는 어려운 환경에서 공부하는 후배들을 위해 장학금을 신설할 생각이다.

"해독제 개발은 어떻게 되고 있나요?"

총장이 오면 올림푸스 프로젝트 이야기를 할 수 없었다.

하나같이 극비 사항이기 때문이다.

최치우는 호기심으로 가득 찬 김도현 교수의 눈동자를 마주 봤다.

"1차 임상 실험이 끝났고, MOU를 맺은 제약회사에서 안정화를 거친 후 최종 임상에 들어갈 것 같습니다."

"하지만 2차 임상이 더더욱 어려울 텐데……. 우선 중독이 되어야 해독제의 효능을 입증할 수 있잖아요."

김도현 교수가 염려스러운 표정을 지었다.

최치우는 스스로 실험하며 해독제의 효능과 안전성을 검증했다.

하지만 일반인 실험 대상자를 중독시키고 해독제를 투여해 효과를 봐야만 상용화가 가능했다.

그러나 돈을 아무리 많이 줘도 중독과 해독 실험을 자처할 사람은 찾기 힘들 것이다.

최치우의 도전으로 개발 기간을 단축시켰지만, 2차 임상이 걸림돌이 될지도 모른다.

그럼에도 불구하고 최치우의 얼굴에서는 여유가 묻어나왔다.

분명 확실한 정답을 찾은 기색이다.

"뭔가요, 치우 군? 해법이 있다는 얼굴이네요."

최치우를 오래 지켜본 김도현은 그의 표정을 놓치지 않았다.

"파이트 클럽이란 곳이 있습니다, 교수님."

최치우는 뜬금없이 파이트 클럽을 언급했다.

거액의 대전료를 받고 스폰서들 앞에서 싸우는 비밀스러운 공간.

독도 해저 자원 개발에 돌입하기 전 최치우는 파이트 클럽을 통해 돈을 벌고 임동혁을 만났다.

뿐만 아니라 국내 최강자인 리키도 파이트 클럽에서 부딪친 후 최치우의 제자 아닌 제자가 됐다.

파이트 클럽에는 정상적인 인생을 포기한, 돈만 주면 뭐든 할 수 있는 사람들이 넘쳐난다.

목숨을 걸고 무제한 룰로 싸우는 파이트 클럽 선수들이 해독제 실험을 무서워할 리 없었다.

최치우는 파이트 클럽을 이용해 해독제의 2차 임상 실험을 진행할 계획이다.

이미 임동혁을 통해 파이트 클럽 마스터에게 연락을 취했다.

바로 내일 고3이던 최치우를 스카우트한 파이트 클럽 마스터를 만날 예정이다.

최치우는 이런 식으로 파이트 클럽의 마스터와 다시 보게 될 줄은 몰랐다.

물론 파이트 클럽의 마스터는 더더욱 꿈에서도 상상하지 못했을 것이다.

"우리나라에도 그런 곳이 있다니… 놀랍군요. 놀라워요."

파이트 클럽에 대해 설명을 들은 김도현 교수가 탄식을 흘렸다.

최치우는 쓴웃음을 지으며 대답했다.

"원래 사람들이 아는 세상보다 모르는 세상이 훨씬 더 넓은 법이죠."

의미심장한 말이다.

올림푸스 역시 사람들이 모르는 세상을 파헤치고 있기 때문이다.

김도현 교수는 고개를 끄덕이며 말했다.

"불법적인 일을 하는 것도 아니고 정당한 대가를 지불하면서 일반인들이 꺼릴 수 있는 실험 대상자를 모집하는 일이니… 파이트 클럽이든 무엇이든 큰 문제는 없겠지요."

"네."

최치우는 이미 법적인 자문을 받았다.

파이트 클럽은 불법적인 단체이다.

실상이 알려지면 처벌을 받을 수밖에 없다.

그러나 파이트 클럽에서 뛰는 선수들을 임상 실험 대상으로 활용하는 건 별개의 일이었다.

해독제 개발을 비롯해 이런저런 주제로 대화를 나누다 보니 시간이 훌쩍 지나갔다.

이제 공식적으로 장관급인 S대 총장이 들어와 최치우에게 온갖 특혜를 주며 학교에 남아달라고 부탁할 시간이 됐다.

완전히 달라진 인생이란 이런 것일까.

최치우는 처음 환생했을 때의 예상보다 빠른 속도로 질주하고 있었다.

당장 내일이라도 하늘 위의 하늘에서 세계의 정점을 놓고 다툴 수 있을 것만 같았다.

『7번째 환생』 4권에 계속…